小板凳

胡燕青

小板凳

OXFORD
UNIVERSITY PRESS

OXFORD
UNIVERSITY PRESS

Oxford University Press is a department of the University of Oxford.
It furthers the University's objective of excellence in research, scholarship,
and education by publishing worldwide. Oxford is a registered trade mark of
Oxford University Press in the UK and in certain other countries

Published in Hong Kong by

Oxford University Press (China) Limited
39/F One Kowloon, 1 Wang Yuen Street, Kowloon Bay, Hong Kong

First edition published in 2004

ISBN: 978-0-19-596747-0

小板凳

胡燕青

This impression (lowest digit)
13 15 17 19 20 18 16 14

目錄

【那一片海】

【星期六教育】

自序

長椅的兩頭

——給真正喜歡寫作的年輕人

天才橫溢的阿根廷作家博爾克斯(Jorge Luis Borges)，寫過一個叫做《另一個》的故事。內容記述七旬老翁博爾克斯在河邊長椅上遇見二十歲不到的自己。老人博爾克斯對少年博爾克斯說：「我尚不知道你將要寫多少書，但我曉得，你的作品將多得數不勝數。你會寫詩，這要給你帶來無限的喜悅。……你還會……教書、上課。」我讀着，不期然落入一種自我中心的攀附構想中。如果我就是這個剛剛離開童稚的少年，面對這樣有力的預告，未來的歲月要承受多少壓力和失望？可幸的是，少年指出那位老公公可能並不真的就是他，因為對方竟然完全忘記了曾與一位老人相遇的往事。

少年人總想為自己的將來打開更多的窗子。可是，開多少個才說得上足夠呢？也許，所有老人都會為自己辯護：「我的一生，都是努力活過來的，你不可貶抑。」可是，如果連優秀如博爾克斯者都無法滿足自己的盼望，那麼曾打算以寫作為一生事業卻非常懶惰平庸的我，當怎樣向少年的自己交賬？

同樣可幸的是，我已經漸漸認同老人的看法：我開始相信每一個人的歷史都是莊嚴的。

由於已經落入回憶的篩選與淨化，我們的過去，雖已全部完成，卻仍在變化和成長。在這隱藏、激烈且無法測度的過程中，我深信，破損的會黏合、零碎的會歸位、腐爛的會復原。一切感官經驗或抽象思維，都必在尋找意義的同時自行壯大或消失。愛和恨，嫉妒同欣賞，幸福與悲情，也必漸漸流入平闊深邃的港灣。在那裏，波濤的峰頂與低谷將把鋭角全部削去，默默交換位置，只餘下無縫的半透明藍調水鏡，為海鷗殺戮的尖喙和競賽的翅膀打上柔和的白光。太陽下，一切將變得平淡、平凡，卻都有一種理解、銜接、和合、設定的美。

靈修大師奧士瓦盧特．章伯斯説，屬世回望和屬靈回顧的主要分別，不在我們記取了什麼，乃在我們忘記了什麼。歷史，本來就是在忘記中形成的。當一切荒謬的細節都給刪削或原諒了，痕跡被推往邊緣，漸漸變成凸字上的灰色陰影，歷史就會溫柔地定調，引發更清晰的後悔和感恩。個人歷史尤其如此。

因此，在眾多給遺忘了的小節中，有一些不但存活下來，它們更以使人吃驚的速度長大，地面上的枝葉愈長愈高、泥土下的根柢愈探愈深。比如說，白瓷碗碟每天都在我眼前碰碰撞撞，不知何故，卻只有某一個杯子能夠潛入我微觀的密室，讓我細嚼、吸收，最終成為離巢獨立、且不再會破碎的文字。這是奇怪的，因為挑選的過程在我裏面進行，而那個清醒的我卻無法參與。挑選完了，再回頭看看我名下的這許多選擇，也無法整理出什麼道理來。因此，對我來說，寫作確實不是一種完全自覺、完全自由的活動。多年的經驗告訴我，我們的潛意識強大，是橫越大洋的暗湧；而我們的意識呢，相對來說，只是小木船上小小的木槳而已。大海之上，我所呈現或呈獻的，不但是我的描述對象，它們也一直在描述着那個喜歡寫作的我。

所以，我實在不大曉得該怎樣改善自己的寫作技巧或提升個人的寫作水平。唯一可以改變的，是我自己。而帶來這種改變的最好方法，我相信是閱讀。閱讀、忘記，再閱讀、再忘記，輪流出現的感動或厭煩，每一次都在上帝的大光中把我運送到一個全新的視點上。我的改變也許緩慢得很，緩慢得沒有人（包括我自己）發覺，但我深信，這種改變，正通過我每天忘記或選取的東西一點一滴地發生。許多年後，我將要為今天的我感到驚奇和快樂。聰明絕頂的暢銷書作家史提芬．京叫我們在作品完成後數周重校一次才發表。經驗告訴我，這是極有智慧的話。他鼓勵我們經歷的，可能正是任由歲月滑過我們的心靈——是的，讓時間放逐我們、鞭打我們、安慰我們吧，讓我們在沒有軌跡的航道上容許忘記和選取不斷運作。幾個星期，幾個月，幾年，意味着充分的漂流。只有在足夠的距離上猛然覺醒，我們才能夠領會航行確實已經完成了。

此刻，我因為要出版一本書而重讀自己的文稿。我用力感受它們和我的關係。我終於同意：二〇〇三年二月到八月，我竟然也曾經以一種不能重複的古老方式真切地活着。那時期的我，如今正坐在河邊長椅的另一頭，用憐憫的目光看着今天的我，說着模模糊糊的話。她問：「寫成這個樣子，寫作真的是你的選擇嗎？」我回答說：「不是我的選擇，是你的。我沒有一點反抗的可能。」她又認真地想了一會兒，繼而嚴肅溫柔地答道：「不要把責任推諉於人。你也許應該說謝謝我。」於是我說：「謝謝你。」然後我抬頭，尋找河水盛載着的天空。我看見對岸的老伯伯正笑嘻嘻地從水裏抽出一條小得可憐的魚。雖然我看不清楚，但那閃動的銀光令我深信，他的手指和那小魚之間，必有一條堅韌無比的漁絲，就像天空裏看不見的光線把我和我的著作者緊緊連結在一起。

蘋果木衣櫥

閱讀物象，我們明白了受造的喜樂；
閱讀自己，我們明白了創造的本能，
以及被創造成創造者的大喜樂。

節日

節日最誘人的地方，是能夠喚醒我們的期待，把我們推上情緒的高點，又讓我們一次一次從慶典的浪峰滑落，回到枯燥的生活中繼續奮力前行。小孩子期待它帶來的歡樂、食物和玩具，年輕人期待熱鬧的派對與合法的喧囂，中年人期待休息，老年人期待團聚。

在香港，一個節日重要與否，由它所引發的商業動量來決定。聖誕節身價最高，一踏進十二月，聖誕歌樂到處飄揚，商店的生意額隨之達到全年最高點。然而，艷陽天下來看龍舟比賽的人群，都能夠領會屈原的愛和絕望嗎？站在高得像小樓房的聖誕樹下，誰記得為世人的罪釘死於十架的耶穌基督？

節日是文化的焦點，是一個國家開向歷史的門窗，一個民族感情船隊停泊的港灣。但商業大城從不回顧歷史，也不了解航行。節日故事顯得遙遠。傳媒要我們怎樣了解節日，節日就穿上怎樣的衣服。到一個節日被所有的生意人都遺忘了，它才能夠以無遮的本相與建立它的族人坦然相遇。清明的煙雨和香火，重陽的晴空與親思，就是這樣給保留下來的。

每逢大節，廣東人都一家齊全、吃飯慶祝，稱為「做節」。遇節而「做」，明顯是意志的抉擇。在一切商業論斷以外，節日喚醒的該是更深刻也更優美的情愫。不錯，今天正是讓人浮想聯翩的元宵佳節。

揮春

春節是中國人最坦率的節日，揮春是春節裏最坦率的顏色。殷紅、鮮橙、閃亮亮的金與銀，誠懇的希冀或欲望，全都大大方方地張貼在牆上，像一種高調的口號，一面呼應「恭喜發財」的公開祝福，一面宣告「我也要發」的無聲私禱。農曆年讓所有人一同放下了面子，連自命高雅的知識分子都能夠假習俗之名，不避嫌疑、不怕庸俗地盡情表達自己的想望。從這個角度看，揮春實在功德無量，它扮演了心理治療醫師的角色，使每個人的心靈都得以舒坦舒服。

然而，每一張的揮春背後，都有一堵色調淺淡的石牆；每個正面的信息，同時暗示了相反的困境。「出入平安」顯示平安不是必然的，「橫財就手」說明了橫財其實並不常有，「龍馬精神」點出了龍馬也有昏昏欲睡的時刻。大幅大幅的尋常歲月是牆壁，小片小片的人間歡樂是揮春；牆壁因揮春而充滿喜氣，揮春因牆壁而顯得珍貴。我們必須面向平凡時日，才可以享受偶來的好事——這就是生命。我們該提醒自己的是：終日耽待於時運的垂青和平庸的欲望，生命的素質就無法提升了。一番好意的揮春，難免成為我們蹉跎歲月的標記。春天，到底象徵更新還是重複？從揮春的內容就看得出來。但願這些工整的書法所描述的不是一己的私欲，而是幫助我們尋求真理的動力。

年花

春節的太陽從大窗徐徐斟入，塵埃在液態的光浪中泅游，閃動如金鱗。這光落在大廳的飯桌上，落在飯桌中央那盆剛開的水仙花上，米白色的小花和翠綠色的長葉，在柔和的氣流中細細抖動。窗外傳來三數晨運客的高聲招呼和零碎婉轉的鳥叫，微小的聲音織造了巨大的寧靜。這時候，總會有一陣絲質的花香掠過臉頰，引得人深深吸氣。

對窗那綴着絨球的黃線簾子在風中搖擺不定，掩映間是一株開得燦爛的紅桃，一半躲在簾後，一半迎光伸出。在向上飆升的彎枝上桃花簇擁成堆，一片一片用繩子繫在枝頭的利是隨風翻滾，紅封包上金漆流蕩。但室內依然漆黑一片，看來戶主好夢正濃，尚未甦醒。

平台上忽然多了好些應節的盆花。聖誕的一品紅換走了，這幾天放着的都是些碗口兒大的紅芍藥和蟹爪菊。芍藥似牡丹卻不是牡丹，芍藥的紅太紫，花瓣也太窄，那花的隊形更過於規則，比之於牡丹的奔放和霸艷，還有一段距離。蟹爪菊的鮮黃，因此顯得無匹耀眼——那長短不一的曲瓣，每一片都是驚喜，叫人想起田家村女的布衣，和烏倦知還的陶潛。但仔細一看，這花生長的糙盆，竟都封上了大大的俗麗的紅紙。

出門時和大廈門前的四季桔打了個照面。啊，怎麼竟已零落如此？原來許多果實，已經被人偷偷摘去了。

過年糕點

媽媽是做糕點的能手，可我八歲就離開她了，她的廚藝我一點沒學會。依稀記得更小的時候，每逢臨近春節，我們家的大鐵鑊必定忙個不停，蒸的炸的她都要負責，還要烘豆沙、炒花生來做油角。一家人圍在一起包油角，弄得一臉都是粉。我們小孩子樂死了，媽媽在粉堆裏和水加豬油，拌入雞蛋白糖，用手來回地搓，半天才把粉團預備好。和好了的粉團是第一流的玩具。媽媽教我們用粉團做小盒、小鴨、小兔子，做好了一同放進大油鑊裏炸。我們不許走近火爐，但遠遠看着晶瑩的滾油開出大花，油裏一切漸由米白變成金黃，那感覺真美妙。豆沙角炸好了，上了碟，媽媽鄭重吩咐要等一會才吃，以免給油燙着……

這種過年氣氛已經沒有了，對我來說，春節成了償還稿債的機會；糕點呢，出去買。買回來的蘿蔔糕真難吃——味精重，鹽多，也甜過了頭。放在易潔鍋裏方方正正的怎麼煎都煎不爛，看着就覺得沒趣。酥角也是買來的，但在那一大堆的半月形之中，再也無法找到可愛的小兔子了，放進口裏更是冷冰冰的。我把一碟送入微波爐「叮」了一下，小朋友嘗了說：「原來熱的這麼好吃！」我也咬了一口——那忽然提升的溫度告訴我，感官經驗不難仿製，但仿製的東西不能為孩子帶來美好的回憶。也許我們最好的日子真的已經過去了。

繩子

繩子，從來不是重要的東西，它綁着的才是。從這「綁」字開始，我們追蹤繩子的脾性，它引起的聯想是捆紮、綁架、押解甚至勒死……聽起來真夠驚心動魄。繩子真的這樣可怕嗎？其實，哪一個家庭不滿布各種各樣的繩子和它們的遠親近鄰？

用寬大的胸懷好好觀察，你會發現形形色色的繩子正用其柔和的助力，維繫着生活的框架，承托着思考的樓房。美好的繩帶，如藏根之於高樹，如朔望之於潮汛，牽引但不拉扯，連結卻不約束。我們日夕穿插於各種友善的繩風繩雨中，自如而不自覺、自在而不自知：且看水仙花上的細紅綢，小女孩髮間的花蝴蝶！鞋子背上棉繩游走，襯衫襟前領帶飄揚；校服中間束起細腰，背囊兩側分散壓力……它們全都不是自由的反調，而是它的詮釋；也不是空間的折屈；而是它的度量。

少年人逐步擺脱父母，大學生漸漸揚棄傳統，我是三個少年的母親，也是上百學生的老師，無法不感受到彼此之間的關係變得愈來愈薄、愈來愈細，頗像一條過長的棉線，本身已經是一種沉重，再背道而馳的話，很容易就折斷。但這種重力也告訴我，我和自己的下一代其實還沒有走散。藕斷而絲連，連絲意味斷藕之同體；拖泥又帶水，泥水記錄拖帶的痕跡，千絲萬縷，至死交纏。這就是情的大綱，無形、卻堅韌，疏落、但完全。

杯子

廚櫃裏放着許多杯子。有耳的，無耳的，便宜的，昂貴的，粗厚笨重的，柔薄透光的，炫耀着校徽、年份或給茶漬酒印重重堆壓着的……房頂的燈光繞過廚櫃的木壁，穿越劣質的玻璃，慈和地灑落在每一個圓柱形的杯子上。

每次喝水，隨手抓起一個就用，圖案、大小全不計較，喝完擰開水龍頭胡亂沖沖就擱在筲箕上晾。其實，用杯前也該先想想。喝果汁要用高瘦的淨身玻璃杯，加幾塊冰，喝一口、看一看，看果汁的顏色有多鮮亮，聽冰塊在玻璃的圍牆內如何碰碰撞撞，再用手指揩抹玻璃上一點一點的小水珠，像下雨時伸手觸摸一片拱形的窗。喝茶更講究一點。要挑一個薄的好傳熱，杯身要有幼條耳朵，杯口稍微向外攤開。喝的時候，像享受一個微笑。杯上的小花要淺得像下午四點鐘的餘光。小碟子磨擦着杯腳，該能碰出的的答答的白瓷的聲音。茶九成熱，白煙在眼鏡上若有若無地勾留。聚散匆匆，散去時對面可仍坐着一兩個最要好的朋友？

斟與酌、品或嘗，吞吞吐吐或雄辯滔滔，都是味道。即使是最脆弱的紙杯，也有過倒滿的時刻。從無邊無際的大空間創造出一個一個的小空間，是從無限勺出了有限，從永恆勺出了此生。所有的杯子都有一種無中生有的美，每一次的盛載都意味着清空，每一次的清空都意味着滿足。一杯在手，不意就握住了一個上好的時辰。

筷子

不知道自己何時學會用筷子，因為打從「吃」這件事進入意識，筷子已經架在我右手的指間。只記得很小很小的時候，媽媽常在飯桌上糾正我用筷的姿勢；長大了才曉得，筷子和手結合起來，會形成一種合乎天道的巧妙槓桿，此理實在複雜，不易說明，其艱難之處恰巧和用筷的容易鮮明對照。如今筷子簡直就是我右手的延伸。我吃飯用筷子，吃粥用筷子，在家吃意大利粉也用筷子，即使蒔花翻土、探深撿碎，我也無筷不歡。

習慣帶來自如，純熟衍生技巧，一切都來得那麼理所當然；回頭發現世上竟有人是不會用筷子的，我們驚奇得須要用理智去適應。看着洋人朋友用筷的狼狽相，誰不莞爾？但好笑歸好笑，內心竟忽然穿了一個洞。憑洞外望，會發現自己原來一直處身斗室之中。他人的所謂「不逮」，其實不過我們自己視野的偏差。洋人沒有用筷技能，同樣可以將蝦餃燒賣送進口裏，像我把意大利粉逐條夾起來吃一樣有本事。

用筷不是選擇。從來沒有人問過我喜歡用甚麼來吃飯。身為中國人，豈有不用筷子的道理？究其原因，誇張點說是文化的承傳，現實點說是慣性和方便。無論怎樣，用筷的人就該喜歡用筷。接受和欣賞自己的生活和傳統，比讚歎洋人學筷更需要自省。我們用筷子夾起來的，又豈止是養生的飯菜？

襪子

清晨起來梳洗更衣，總得穿上爽潔的襪子，準備上班。洗淨了的襪子散發着若有若無的皂香，軟綿綿地貼在臉上，像一個親愛的小嬰孩。已經不很潔白的纖維，輕輕纏結在一起。襪子舊了，縮小了。把腳伸進去，若有若無的張力從四方八面湧來包裹着腳掌，像情人的擁抱那樣叫人愉快。襪子比牀褥清涼，比地板和暖，溫度的微差叫人感到新鮮、精神，正是期待中那種溫柔的提點。

棉線的觸摸帶來的感覺很快就給忘記了。襪子和我最親密的一刻不久就過去。還未回到辦公室，我就把它完全置諸度外了。偶然動動腳趾，才記起它原來還裹在腳上。由中午開始，代之而起的是另一種感覺。那是走路時鞋履的困囿。我感到路面不斷地上推，鞋頭在偷偷收縮。坐久了，腳往外膨脹，走多了，腿朝上麻木。襪子的愛撫如今成了大熱天時裏的厚棉襖，不受歡迎。我只盼望白天快點兒過去，我要脱鞋、脱襪、脱去衣服，脱掉一切。

回到家裏，第一時間拿掉鞋襪。脱襪子的時候，像煎掉一層死皮，一點不痛，反叫人暢快莫名。我用兩個指頭拈住汗臭的棉襪，從大門一直奔向洗衣機。

一天懶惰，沒穿襪子就把腳伸進鞋裏。過不久就曉得沒有襪子的每一刻都可以帶來極大的痛苦。黃昏，我發現腳上長出了好多小水泡，難受極了。沒有襪子，恐怕我連走路都不會了。

光管

比起大廳裏晃盪盪的許多水晶串兒，我們家的光管坦白、粗糙、欠情調。乏味的圓筒摹仿白天，均勻的光線排拒浪漫的聯想。天真眼神和美目流波到底不一樣——穿着圍裙走來走去幹粗活的妻子，好像總比不上舞會中坦胸露背、鑽飾閃閃的名媛來得吸引。

舞會讓人疲勞，家卻帶來休息。最初我們買房子，想着的雖不是舞會，卻無法避免為舞會的華麗所吸引。抬頭一看，大廳天花板上正開着一朵大花，每片奶白色的花瓣都捧住一舌含蓄的黃光，長青的彎莖伸出手掌似的滿葉，好像一片片邀請。整個空間成了一種茶色的沉思、一種帶着微香的溫度，使人不自覺就想吐露心事、談情說愛。但是，我們總不能一直在這種舞會的氛圍中吃晚飯、看電視劇、罵孩子的腳臭或拚命趕功課。大花開不多時，我們就吃不消了。

不久，大花換成了光管，一排四枝傻兮兮的像陸運會上站崗的小童軍，雖然不起眼，卻竟日盡忠。自此，白天延長了，生命好像寬闊了許多。不知何故，心情也明亮起來。半明半昧的夢境終於釋放了我們，我們甦醒了。開朗的白光下，兒子趴着抹地，女兒靠着水盆洗碗。孩子的球鞋依舊發臭，學生的作文依舊充滿錯別字，一切怡然相對、彼此接納。在我們家裏，光明和黑暗中間再沒有含糊的緩衝區。

香皂

梘液流行，我們洗手洗澡，已經不用香皂了。香皂的香，濃郁卻簡單，是沒有層次的香，像勾線畫缺乏立體感，但鄉下小孩子聞着就覺得喜歡，那裏面有一種清晰的舶來氣味，意味着祖母和她居住的香港，意味着摩登時代和更美好的生活，意味着我對南方那座大城的無限嚮往。

八歲成了香港人，香皂也成了生活中的微末細節，但依舊叫我喜歡。每天洗澡，拿它往身上抹，沖過水就是「新造的人」了；香皂的香，像爽潔的牀布托起我的枕頭和被子，托起我清潔的夢。我學媽媽把未用的香皂放進抽屜，讓香味滲透到衣服裏，拿來穿在身上香上一整天。

可是大家開始說香皂的鹼性太強了，對皮膚不好。也有人認為它不衛生，因為用它的人都跟它接觸。一個男人洗澡時踏到掉在浴台上的香皂摔倒了，碰壞了脊樑神經，從此成了癱子。漸漸，香皂不再受歡迎了，超級市場的售貨架上，新興的梘液琳瑯滿目，而且，每一種梘液的香味都起了美麗的名字。香皂的香，已經變得愈來愈模糊了。

星期天的大太陽下，廣場上沒錢花的菲傭姐姐，拿着一片片無人問津的香皂，用大頭針、絲帶、小布花把它打扮成精緻的小花籃。透明的天空下，這些小花籃既美且香。「二十元一個。」她說。我駐足思量。這香留在眼前，就像童年一樣，從來不曾遠去。我掏出一張紙幣，伸手接回許多一直躲藏在記憶後園的歲月。

隨身極刑

余光中先生在其名作《催魂鈴》中說家用電話是「登堂入室」的「不定時炸彈」，它一響就能炸碎我們的心靈空間；依此，手提電話就是「隨身極刑」了。但我們願意面對隨時被「炸」的危險，以換取即時資訊。手電成潮，説明這是大家的選擇；這小小的機器最初通行於商業海洋——爭分奪秒、先掌商機，是須要擁有「大哥大」的主因，但到了今天，用手電的動機已經變得十分複雜。

大學女生寫道：如果一天沒有人打她手電約會她，即表示她不受歡迎；半工讀的同學每月把過千大元奉送電訊公司，以換取深夜「煲粥」之樂。最新型號的手機表徵着擁有者的品味和時代觸覺。日新月異的手機功能和遊戲，對年輕人來説，更是追逐的對象。

一旦握住一部靈巧精緻的手電，誰還可以放手回到原來的靜寂之中？帶着手提電話，一整個喧鬧的世界就附在耳垂，揮之不去。地鐵車廂中，各種「鈴聲」先後發難，「喂喂」之言此消彼長，戴着免提耳機的少女嬌滴滴地自言自語，訛稱正在公幹的男人對家人粗聲喝罵，豈非平常？

電訊公司提供「行程保密」服務，創設謊話樂園，營造虛偽世界，鼓勵距離和隔閡，「言簡」和「意到」之間，果然不包括「情真」，使人不寒而慄。每念及此，我握住電話的掌心必定汗涔涔地敗露自己的軟弱：慚愧得很——我不正是每月繳費的忠誠用戶嗎？

斜路

斜路都不好走。傾斜的路，意味着上攀的辛勞和下滑的不安。但所有的斜路都引人入勝。從下仰望，斜路大多伸入鳥鳴樹蔭，即或探進高廈石林，亦未嘗不能啟示更高的境界。從上俯瞰，可以飽覽微末眾生堆成的宏圖，也可以想象一下親自下凡的興味。斜路連接着一個又一個開揚的平台——從泥塵撲面的草根大地爬到進退可據的環山腰帶，再攀上俱懷逸興的白雲之鄉，漸變的風景使人停不住腳步。虛幻的獎賞與現實的勞乏同時出現，沿路呼喚我們繼續往上走。手足疲憊時，我們相信在不遠的將來就有平坦開揚的幸福，而且路上總有盛着月光的小白花，大片大片的紅楓林，愈夜愈清的眾星星不停鼓勵我們繼續攀升……

斜路使人着迷。縱使已經走過一百次，明明知道上面不外如是，人一旦站在下面的路口，頂上那掩映風光必定又再明媚起來。欲望使遠方膨脹。斜路向高處蜿蜒，看着它在眼前躲躲閃閃，沒入雲腳，我們就想用自己的腳步去征服它、延展它。「此路不通」的忠告，對山腳的人來說是全然無效的。

香港是山城。從藍色的海港往上望，沒有人能躲得過她那層次分明的、閃亮亮的美。無數斜路穿插其中，像微絲血管。人走在斜路上，不自覺就成了勞碌而微小那一眾鞠躬盡瘁的血細胞。偌大的海港上，只有海鷗的白羽翼尖可以輕輕掠過這一切。

標點符號

心靈窗框是一個方形的句號，把過去捆綁在狹長的視象裏。但窗外的葉子在陽光下磨擦着、掙扎着，一點一滴勉力爬出平面的夏季，要偷渡到窗內的眼睛裏。句號於是從眼睛的尾巴裂開，風景流溢，在荒野上開掘出一道河。那是酒藍的冰湖，深不可測；那是純白的冰川，無中生有。湖與川的結論留着小辮子——逗號都很美。

逗號在揮手，揮着愈來愈模糊的手；清晰的等待，漸次成為空無的記憶。手最後被看見時，暖色的掌心向着窗外。半空柔和的拱形，停在一個留駐的影子上。風的工作是動搖一切掌握不住的東西，以創造時間的刻度。那是問號。

答案都是問題的叛徒。問題預表答案，答案創造問題。房子汽車不是答案，配偶兒女不是答案，功名甚至權力都不是。它們只是跳棋棋盤上的格子，讓你以為自己正一步一步挨近答案。有時骰子落在棋盤上，答應獎賞我們：「跳前到三十四。」有時卻會兇狠地喝道：「後退至十八！」最後總有人孤獨地低呼一聲，他的棋子到達終點，被迫離開。回頭一看，別人仍玩得興高采烈呢。棋盤上，棋子彈跳依舊，有些被列舉，有些被刪去。省略號以最不負責任也最不起眼的方式，卻把答案一直往後推，把等待的恐懼一點一點地延續下去……

眼鏡人

最初戴眼鏡，是因為看不清。少時家貧，父親好不容易才湊足錢給我買了一副。那時我在一家漁民子弟學校唸高小，班上除了我，人人「眉精眼企」，視力一流。自此，「四眼妹」成了我的綽號。升上好學校的中一，發現眼鏡好比校服，人人都有，諢名從此消失。漸漸，眼鏡真的成了我臉上的「衣服」。有時脫下抹汗，同學們會驚叫：「咦，你怎麼一點都不像你？」好像我卸下的是鼻子。我自己也一樣，鼻樑上的重壓一旦減去，就有一種裸體見人的不自在。往鏡裏一看，形象更非常陌生：眼袋大得像生蠔，魚尾紋多得像一朵脫毛蒲公英……三秒鐘後嚇得馬上「穿回衣服」。

眼鏡一戴三十年，忽然發現自己看遠不清，看近不明，遐邇均迷濛一片。只好到驗眼師處檢查。甫坐下，他即禮貌提問：「小姐今年貴庚？」被稱「小姐」的我如實回答，對方莞爾一笑：「這是老花，無人能免。」眼鏡配好數天，我才在漸進鏡片創造出來的搖晃世界裏勉強站穩。可惜自那天起，我再無法把高爾夫球準確地推向球洞。

還記得幾年前那個好笑的場面。那天，大兒子配了眼鏡，戴着回家。女兒早就是個「四眼妹」了。一家五口，只剩七歲的小兒子視力健全。可他一看見哥哥，就大哭起來。他說我們四個一同做了「眼鏡人」，丟下他不管了。只可惜他這「孤單」的感覺維持不了多久。如今，他也早已成為典型的「眼鏡人」了。

蘋果木衣櫥

從生活走進拿尼亞世界，要通過一本書。那是魯益師(C. S. Lewis)寫的《拿尼亞紀事》(*The Chronicles of Narnia*)。書中有一個用蘋果木造的衣櫥，裏面放着許多保暖的毛大衣。推開大衣，你會看見一片雪景，純白如棉的雪花，層層蓋在密麻麻的松枝上。向雪野走不遠，你會看見一枝燈柱，上面點着的黃火油燈，標誌着拿尼亞的入口。然後，你會在那兒碰見馬人、女巫和種種會說話的小動物，最後更必遇上獅子阿斯能……從那兒開始，你跟着三、四個小孩一同經歷權力的驅策、物欲的捆綁和輕信的錯失，最後學會以一無所有的純真生命，領悟那創造的藍圖。

故事中的創造者阿斯能，以歌聲創造世界。造衣櫥的蘋果木，是從一顆種子生長出來的。這正是來自拿尼亞的種子。讀到這兒，我會停下來問：到底先有拿尼亞，還是先有了願意進入衣橱的孩子？到底是拿尼亞活在我們心中，還是我們都活在拿尼亞之中？我們應該說，人都是阿斯能歌聲裏的音符，還是該說，人的想象心創造了創造者阿斯能？

真相是：阿斯能創造世界，魯益師創造了阿斯能，上帝創造了懂得創造之樂的魯益師。閱讀世情，是閱讀上帝的創造。閱讀書本，是閱讀上帝創造的人的創造。閱讀物象，我們明白了受造的喜樂；閱讀自己，我們明白了創造的本能，以及被創造成創造者的大喜樂。

小板凳上

少年時，我跟着父親租住深水埗的一個板間房，父女兩人一上一下地睡在狹窄的雙層牀上。房間小得可憐，我們又因為租金問題搬來搬去，家當實在不宜太多。牀頭的木書桌上堆滿雜物，全是爸爸的謀生工具：舉凡電線、錫條、「辣雞」、塑料收音機殼、乾電池、螺絲釘，真是應有盡有，只欠空間。牀尾的五桶櫃內堆滿了衣褲、襪子、T-Shirt、毛衣和爸爸一直堅持使用的「的確涼」手帕。比較像樣的衣服實在沒地方放，只好用包膠鐵線衣架胡亂鈎在牀架子上，是以我的牀尾永遠掛着一套舊得要破的校服。五桶櫃櫃頂上，放着一部三手電視機，是從鴨寮街買來的。牀底下躺着爸爸的三數旅行箱。較好的那個放着我們的證件，將破的那個貯存着我從小到大的作文。除了這些，我們還有一個紅A洗臉盆，兩條毛巾，一塊加信氏香皂和一個冷水瓶。這一切，堆在三十多平方英尺的小房間內，我們連轉肘的空間都沒有。這是爸爸和我最窮乏的日子。可是，那時候的我從來沒有感到局促和不快，除了偶然有點不方便，我覺得日子還是過得相當愜意的。

為了做功課（我的中學和大學時代就是在那些小房間度過的），我想盡辦法找來了一塊木板和一張小板凳。

我把木板用牀沿和一把椅子架起，架好了，就在上面讀書、寫字、創作。木板一放平，我的心就感到無比地舒坦。坐在小板凳上，我握着一管平價原子筆，張開了吸收和想象的翅膀，在包租公一家的電視噪音和麻將聲浪中，向着高速擴大的天空飛去。

釣

有時候，你會覺得甚麼都是虛幻的，除了眼前這一小片聚焦的現實：案頭燈的白光，皺了皮的英文小說，斜躺着的漏墨原子筆，寫花了的月曆，五顏六色的三吋半磁碟和標籤紙，電腦桌面的「電子草原」。這一切，漸漸收縮成一個小小的水潭。這一潭水的直徑每天短一點，水面每天低一點，倒影每天清晰一點。對着你打開的窗，窗外的風景扁塌成圖畫；背向你虛掩的門，門外的聲音碎落如蟲鳴。一切漸漸平伏，某些東西卻立體起來了。

然後你發現，自己坐在這小小的水潭旁邊垂釣多時了。你感到漁絲輕微的顫動正若有若無地傳到你的手指上。水窪裏有活魚，這是你的信念。

你從大靜止中領會了靜止所需的動量。你又從這動量中領會了魚的掙扎和游動。你的枯坐於是有了等待的對象。你的對象於是有了由你賦予的反叛。牠的生命開始與你的指尖連結在一起。牠扯動漁絲，讓你感覺到牠的力度。你也拉緊漁絲，讓牠知道你已經感覺到牠。牠很清楚：你內在的感官活着時，牠才可以藉此活着。因此牠一直牽引着你手上的線索，你也一直不肯放牠走。

但牠到底走了，剩下一潭平面的水。你放手之際，正是已經捕獲牠之時。張力瀉去，風清月白。潭水寧透如水晶，一點風浪都沒有，裏面只有深不可測的酒藍天。如夢初醒，你從打印機撿起一張紙。虛幻破碎。玻璃墜地那樣，催稿的電話響起來。

寫

寫作像乘車，也像駕車。惟獨坐到車子上的時候，你不知道今天坐的是甚麼車。有時那是一部破舊的房車，油缸小、動力低，你握着方向盤，右腳慢慢施壓，車子開始穩定前進。你左看看、右瞄瞄，路上的一切都清晰利落、條理井然，就是完全沒有值得停下來細味的風景。有時你剛打算開車，卻發現自己原來給牢固地綁在一列過山車上。幾下沉吟、一陣呼嘯，猛然就是垂直的攀升、倒掛、俯衝，你給安全架夾得死死的，整個人成了一大片驚慌——天空翻倒了，雲塊給攪成白色的漿糊，尖刻淩厲的大片山石迎面撞過來。你大難不死，原來已經滑進了山洞的黑暗中。你頭暈眼花，但離開車子以後，你竟然渴望有機會再來一次！可惜當你又上了車，卻發現正坐在一架健身單車上。此時的你滿頭是汗，氣喘如牛，雙手用力過猛，靜脈都凸現出來了。你努力踹着腳踏，希望能夠前進一點點，可是過了好久，你還是給釘死在原來的位置上，被觀看、被評說，最後被漸漸淡忘。你唯一可以做的，大概只有好好坐着，把自己固定在位子裏，臉對着前方，面向生命程式那不規則的攤牌程序。

不錯，你又在路上了。

緩慢的小房車上，你點數身邊的人和事，在舊物堆中把玩更多的細節。你雖不免重複自己，但每一次都能夠挖得更深，看得更細。你變得愈來愈敏感、愈來愈有把握，因此也愈來愈柔和。靈感像熟睡的冰河，夢一樣點點滴滴向你移動，你容許自己凝固成冰山上的小白湖。最寒冷的日子，你仍虔誠地相信着季節，你等待夏日用透明的陽光回復你透明的藍色。

失控的時刻，落在創意龐沛的盛夏。此時，每一刻都在感官的巨大刺激中誕生、壯大，然後犧牲。每一個彎角都上演着死亡和復活。靈感像海嘯湧來，你容許自己反叛翻動如大海。你是這樣地信任潮汛，你順服節奏的權能。

停滯了，你和靈感失去聯絡，你變得庸俗、瑣碎，甚至為潮流所俘虜。但你藉此領會更遼闊的生活平原。在這聚光於他人的舞台上，你與自己的微小和好。你不尋找失落的才華，因為真正的才華是不會失落的。你甚至學會咀嚼享受自己的不逮。你是這樣地投入角色，無論哪一種，你只演繹最「當下」的自己。

你學習用寫作來進行思考、整理過去和安排未來。你是這樣地信賴文字，無論那是真話、是謊話、是說了一半的話，還是說了出來才知道意思的那種話，你都信以為真。它們或掩藏或通透地塑造着你，而你最後必定會慷慨地釋放它們，讓它們擺脱你的筆尖，自墨水開始揮發的那一刻，向讀者完完全全地暴露你、出賣你。不錯，你容許自己的作品出賣你、成為你最珍愛的敵人。

那一片海

那一片海，趴在視野的一角偷偷喘息，
等着成為新的陸地。

那一片海

深夜，人落入體力的深谷，只靠一點模糊的意識茫然活着。電視重播多年前的日劇《沙灘小子》，迎面就是一片幾近私產的海：被遺忘的沙灘，牛奶白的陽光，一個不大言語的好朋友，好看的果菜沙拉。午後飛過的蜜蜂在磨翅，小小的氣流抹過少女的劉海……

那一片海，找了好多年了，從美屬的關島找到馬來西亞的沙巴再找到澳洲的黃金海岸，一直找不到。那些地方有最長最美的沙灘、最幼的沙，用好多金子打造的酒店和紀念品商號，但沒有可以重複咀嚼、來回往復的過去，沒有賣餐蛋麪、酸梅湯和豆腐腦的小店，沒有胖得走不動的老闆娘，沒有簡陋易破的薄紙風箏、塑膠飛碟和人字拖鞋，也沒有不用睡覺的自己。那一片海，已經變得太鹹。

我們都在找那一片海，甚至站在客廳的落地大窗前定睛尋索。那一片海卻到處避着我們。它躲在參差的屋頂外，躲在填海建成的公路那高高的隔音板外，躲在待業的躉船以外，躲在混亂的貨箱碼頭外……那一片海，趴在視野的一角偷偷喘息，等着成為新的陸地。那一片海，已經走得太遠。

最後，我們都沒法尋回那片海了，於是我們把它的照片貼在電腦的桌面上，讓它充滿自己淺淺的眼睛。這是一片沒有浪也沒有風的海，是一片不可以用腳試探、用手挑撥、用耳朵證實、用往事釋說的海，一點危險都沒有，一點引誘都沒有，卻愈發叫我們無從自拔。

聲音

祖父提過一個黃銅盆子。他說，太祖母用它盛水，為他洗臉，毛巾扭出來的水打在盆上，發出金屬的叮咚。不久太祖母去世，祖父成了孤兒。

祖父說起這片段時快九十了。人生猛然過去，只留下零碎的聲音。聽覺是人最後才失去的知覺。昏迷的病人睜不開眼睛，也伸不出手來觸摸牀邊的人，親人的樣貌和體溫，已經無法領受，但他仍聽得見聲音。

我五年級時，祖母中風昏迷。祖父讓我們去看她。我記得他在祖母的耳邊講話。她完全沒反應。可是，我看見一顆小小的淚珠沿着她的眼線向臉側滑下。祖母聽得見。

我記得許多人的聲音。小時候師長的聲音，給燒死的播音員林彬的語氣，還有逝世親人的鄉談，我都記得。我的記憶用聲音來織造。

十歲左右，我回穗看媽媽。早上人醒了，依舊裝睡。媽媽和外婆就坐在牀沿一面摺衣服一面說我的「壞話」。媽媽說她很擔心我，我又懶惰又任性，將來不知道會變成怎樣的人。外婆說：「你小時候也差不多。孩子得慢慢教。」媽媽說：「她那樣妒忌妹妹，也太小器了吧。」外婆說：「將來人大了，世界也就變大，妹妹就不是甚麼了。」我全聽見了，至今不知是不是夢。但外婆這段話，一直塑造着我。

現在我聽見鍵盤上輕輕的敲打，如同不規則的記憶小雨在呼喚。我走進雨中，聲音還原成感覺，濕濕的，涼涼的，灑滿了我的臉。

美與寂寞

張國榮遽逝，令我想起已經離開人間的陳百強和鄧麗君。

念初中時第一次看見鄧麗君在電視節目上表演。那時我實在不能相信世界上有這樣好看的女子。她水晶一樣的聲音、湖水似的皮膚看着就使人感動，她的身材更近乎完美，一雙小腿又長又直，再平凡的旗袍或短裙都給她變成了極品。那一年她十七歲。

陳百強出道時給我的感受也極深刻。我從高中開始修英國文學，一直喜歡珍．奧斯丁 (Jane Austen) 的男主角，陳百強正派貴族的書卷氣，剛好和我心目中的白馬王子一模一樣，但他更美，因為他是中國人。他的美，像大藍天遠角很輕很輕的絲狀白雲，年輕、飄逸、清潔、善良，使人感到無限舒坦。

張國榮的美不同。他身為男子，卻令人驚艷於一瞥，五官天衣無縫，略厚的上唇莫名其妙地性感，尖尖的下巴使人看着就衍生親愛與憐惜。張的憂傷是他獨有的一種透明的基調，他持重的時候憂傷，他放浪的時候憂傷，他就是憂傷。四十歲之後，他的臉因漸漸對焦而清晰，皺紋似有還無，稜角開始分明，更美得教人心悸。

可是，鄧去的時候一臉都腫了。陳做了許久的植物人，離開時身上可能全長了瘡。張粉身碎骨，成了一堆模糊的血肉。畢竟，用以娛人的俊臉無法使自己快樂一點。

他們為甚麼不快樂？沒有人知道，我們只知道自己同樣在傷心，為他們，為自己，為每個人心中那無法克服的寂寞，也為他們所造成的更大的寂寞。

友愛

魯益師 (C. S. Lewis) 一紙風行的作品《四種愛》，分析了人間的四種愛，非常發人深省。談「友愛」的一章，格外使人驚歎。許多人以為自己好友滿天下，實則對友情一無所知。

我好多學生喜歡聯群結隊地過日子，上課坐在一起，如廁共同進退；沒有人陪寧願不吃午飯。一旦沒有伴兒，自我形象馬上下滑。魯氏卻指出他們擁有的也許不是真正的朋友。

真正的朋友，可能連你結過幾次婚、有多少兄弟姐妹都不知道。好朋友關注的焦點不是對方(雖然他們有時也非常關心對方)，而是兩人的共同目標。所謂志同道合，兩人的「志」和「道」，才是這份友情的基礎。

這些共同目標，可以大至革命、小至玩藝。各種「發燒友」何以惺惺相惜？一同說老闆壞話為何痛快？友情正是答案——好友見面喋喋難休，一進入話題可以無飯無眠。共者，分享旨趣與關懷；同者，價值觀相同、深度相若。真正好友可以不大曉得對方的底細，卻十分清楚對方的看法、愛好、實力和目標。最明顯的例子是「媽媽好友」。生了孩子的年輕女性，身邊盡是對養兒育女最有興趣的人。假如她原來的「死黨」尚未結婚，這段友誼會漸漸淡化，她新興的好友會是另一個媽媽。

「我有沒有真正的好朋友？」檢查一下自己的友伴是怎樣得回來的就知道了。

找不到的朋友

人愈小，找到「好」朋友的機會愈大。對一個嬰孩來說，幾乎所有親人都可愛。到了小學，一塊糖、一個乒乓球拍、一個小小的奇多圈，甚至只是偶然的「同位坐」，都能讓我們確定誰是好朋友。只要上學時看見對方，就能感到飽滿的幸福。

上了中學，好朋友不再那麼容易得到了。不受歡迎的少年人多的是。平凡的沒有吸引力，出眾的又會惹來嫉妒，群黨的興起更開設了無盡的「入會條件」，被摒諸「好友群」門外的孩子多得難以想像。可是話說回來，中學生對「好朋友」的要求畢竟尚算寬鬆：談談功課、說說潮流就可以了，如果找到個共同敵人，例如班上某某「樣衰」同學、教員室某某

「殺手」老師等等，一旦敵愾同仇，「友誼」就牢固了，假如真有純正的「志趣相投」，比如說大家都喜歡看天觀星、或抱住排球不放，那他們之間的友情就風吹不動、雨打不散了。

可是，人愈年長，好朋友就愈不容易找到。這不是說我們沒有真心的伴侶。如果我們有家庭、上教會，辦公室內沒有甚麼敵人，又怎會缺少友伴呢？就是肯為我們赴湯蹈火的也不缺。可是，成年後我們知道，友伴和真正的好朋友不一樣。「有人陪伴支持」並不一定能夠解除寂寞，只有好朋友能夠。而真正的友情要求雙方的價值觀、興趣、深度、品味和處事方法都接近。你說，這是多麼難得難求啊。

寂寞的呼喚

詩人里爾克 (R. M. Rilke) 說：寂寞「根本不是我們所能選擇和捨棄的事物。我們都是寂寞的。」這是何等智慧。寂寞，幾乎是所有人的經歷，愈有深度的人，經歷愈清晰。小孩子容易逃脫寂寞，有人跟他玩就好了。年輕人的寂寞，許多時以愛情來解決，可他不知道，對抗寂寞，愛情最沒有把握。男女之間一旦有了愛情，溝通就變得扭曲了，對方的言行都成了「你怎樣對待我」的指標，無法獲得客觀詮釋。愛有多深，情感的黑洞就有多深，付出和得着之間的巨大距離，就是寂寞。

成熟的人不會致力解決寂寞。他們懂得接受別人的乖離。無論對親人、配偶、兒女、門生、朋友，他都沒有要求。他知道任何人都滅頂於寂寞，我們也不能夠令所愛的人衝破這種神秘的困厄。寂寞意味着強烈的被人了解的欲望。可是，誰知道另外一個人需要甚麼呢？我們該如何「了解」對方呢？了解以後，我們一定會同意他的情緒反應和處事態度嗎？對方的語言能力，足以讓他把心裏的感覺立體地描述出來嗎？

寂寞是人生永恆的捆綁，即使有愛，也難以掙脱。我們生命中的每個片斷都牽動感情，外人又怎能明白呢？孩子都單純，常有相同的心意。年歲漸長，人生的岔路漸多，同行者必然日見稀少。歧途總是在等候，分手總是在等候。一個十多歲的孩子説，所有美好的快樂事，有一天都會成為傷感的因由。像膨脹的宇宙裏面的星星，人的距離總是在變大。

尋求知己的意欲，是上帝布置在我們心靈中的美麗呼喚，除了祂，任何人都無法回應。因為只有他經歷過人間最大的寂寞——在孤獨的定點上，牽連着愛徒的背叛、肩負着沉重的罪、忍受父神的離棄。那就是十字架。

親密

親密的關係有時會帶來苦惱。

我是個相當隨和的老師，卻是個脾氣極壞的媽媽。我愛自己的兒子比愛學生多，這是人之常情；奇怪的是，學生一般能夠感覺到我愛他們，兒子則只覺得我挑剔、囉嗦、甚至針對他。學生學習態度差，我會跟他們個別見面，苦口婆心地提出可行的建議，每次聚會都一片祥和。兒子呢，雖不至於從不認錯，但堅決不改，我每次跟他談話，都吵鬧收場。他知道我總會原諒他。

親密的關係帶來期望：「你對我好是理所當然的。至於我，我是有點脾氣，但我很忙，你該體諒我。」親密的人，最難討好，我們卻甚少花時間讓對方開心。親密的心最容易受傷。

親密的關係帶來困囿和壓力：「我到甚麼地方才可以躲開你？我怎樣才可以有一點真正的私人空間？」親密，必然地凸顯了對方強大的存在，我們無法不感到被監視、被評審、被批判，因為親密的眼睛都雪亮。

親密的關係也帶來許多責任：「母親節了，到哪兒去飲茶？阿爸生日，要送甚麼東西？兒子數學不行，你得給他補補習啊！老三負資產，你做大的怎麼可以袖手旁觀？」親密帶來角色的分裂、疲勞的堆疊。

可是，我們還是不斷追尋愈來愈親密的關係。愛是那樣地不可思議：孤獨所表徵的自由同時暗示着遺憾，這正是生命的本質。

半生中產

六十年代來港，剛趕及上小學。那時陳寶珠的電影中若有主角患上絕症，必到英美求醫，因為香港是個二流城鎮，沒有好醫生，沒有好醫院，更沒有好醫學。七十年代，我們漸漸成為國際大都會，四小龍中我們成就最高。課本說香港的紡織、製衣、鐘錶和玩具業都名列世界第一，我們更跟紐約、倫敦合稱世界三大金融中心。我們的醫學也變得很棒，港大肺胸科研究及治病水平全球第一。當時我想，香港既是世界之最，我讀的又是香港最有名的大學，將來的生計還用愁嗎？

初到香港，我們窮得很。爸爸在工地、廠房、鋪面都打過工，最後做小販把我們養大。同學談起，原來大家都住過板間房，都在街喉輪過食水，課後都穿過膠花，都給富小孩補過習，暑假都在工廠做過童工。

然後，我們一個一個成了工程師、醫生、律師、教授、高官——雖然我們喝紅酒的時候依舊不會分辨杯子，有空還是會去逛鴨寮街。我們讓孩子學網球、學彈琴、到英語國家留學，從來不要他們做家務，因為家裏用菲傭。為了讓老人家安心，我們給他們的生活費遠超所需。我們向銀行借多少繳稅，數百尺的單位供款多少，他們全不曉得。肩頭沉重，是我們的八十年代和九十年代。但那時我們不知道，我們雖然欠下大筆債項，那段日子可能已是我們最美好的年代。

漸漸我們不再年輕了。銀行說：你那個單位只值按揭金額的一半。老闆說：大學生？即使是博士，滿街都有。上海人說：香港？不是我們對手。

我們又回到了貧窮空白的六十年代。但是，那些曾經呼喚我們去做兼工的廠房、夜校、餐館沒有了，我們的奮鬥心和夢想也消失了。「銀鍊折斷、金罐破裂，瓶子在泉旁損壞，水輪在井口破爛。塵土仍歸於地。」我們又回到了六十年代，卻無法拿「用舊了」的過去換取新版的未來。

三代貧窮

我們這一代，人生分成三份。第一份屬父母，我們跟上一輩過勞苦日子，白天上課、晚上做工，一家人用盡所有醒着的時間來掙取溫飽——那是不折不扣的貧窮。

第二份屬自己。大學甫畢業即成專業人士，我們修橋建路，開自己的診所，站上了最高講壇。從那張皇害羞的一年生變成各大機構的青年才俊，才用了三年時間。板間房走出來的醜小鴨脱胎換骨，穿上了西服和套裝，皮鞋在樓梯上清脆地敲幾下就站在上一層了。儘管父母仍住牛頭角下邨，我們已買下連着會所、半窺天海的單位。我們大有條件借錢度日——借錢買車、借錢買房子、借錢繳税、借錢開業。雲石亮地板、鑲金水龍頭，茶几下的花毯子證實我們已經成為中產階級。可我們有數不清的債務，説穿了比基層百姓更貧窮。

第三份屬兒女。孩子漸漸長大，讀名校、穿名牌，校服由菲傭熨過疊好，上街不懂得坐巴士，出入都有爸媽駕車接送，考不上大學就留外讀書。我們搖頭歎息，想起自己做工讀生的時光，更想到城裏的大學畢業生泰半找不到工作，即使找到了，工錢不過剛夠零用。我們那些少爺小姐將來養得活自己嗎？看來，下一代還是和「窮」字脱不了關係。

從童年到中年，我們從一窮二白的家庭冒出來，成為曇花一現的中產階級，現在又往下走，走向一無所有的耄耋之年。

過海

小時候常聽長輩說某某親戚住在對面海。「對面海」引起的聯想，簡直就是天之涯、海之角。那邊的一切，都比深水埗來得鮮明亮麗，樓房高一點，海色閏一點，濕濤打在窗頁上的反光也神氣一點。

每次「過海」，我們都得先乘一程晃晃蕩蕩的九巴，到碼頭等船。有時車子飛站，渡輪誤點，本來一句鐘出頭的行程，竟會搞出個兩小時來，叫人狼狽得想死。

終於，紅磡海底隧道建好了。第一次乘車從九龍直達銅鑼灣，我印象深得很：那天我們穿着校服，要到維多利亞泳池參加接力邀請賽。一位學長帶着我們這幫九龍老鄉登上一輛 112 號隧道巴士。我說：「這就可以過海了嗎？」大家笑我土，其實他們自己一樣半信半疑。那時車上人很少，我們走到上層，橫躺在最後的長椅上。風在耳畔胡亂呼嘯，我們好像正在經歷時空飛行。當維多利亞港突然在我們的右面斜斜出現，我差不多感動得想哭。

又十多年，地鐵無中生有地戳穿了地底。我第一次乘地車，是跟已經成年的弟弟一起從佐敦前往石硤尾。列車進站時橫削聽覺的隆隆巨響，那黑暗中的金屬硬光，那可感的速度壓力，那男性的強大衝刺和英雄氣質，叫我的心怦怦激搏。含蓄的弟弟坐在金屬長椅上也微笑了。

可是，經過歲月的消化，一切的新鮮又回復平凡。隧道長期堵車，地鐵整天消化不良，用輪子「過海」這動作日見緩慢，如今更少了舷邊那瀲灩之光，日常行旅，又從驚喜的情緒高原連連滑下，墜入厭煩的深谷。谷底深思，忽又升起了渡海小輪的浪痕一直牽曳着的童年之旌。

漸入中年，家裏多了幾個頑皮的城市孩子，萌生了買車的念頭。此後一家過海，必依海牀鑽洞潛行。一日忽發奇想，要到碼頭乘汽車渡輪。一次就上了癮。以後又多番臭着那不散的汽油薄膜，爭取在二十分鐘內吃完船上買的那碗餐肉蛋麪。這是儀式，不可不吃。兩個小男孩更必定在船艙上一次廁所才感滿足。只恨這一程華燈初上的擺渡情懷亦已過去，而海港也愈見寂寞了。

縫

下午，她站在走廊的書架前發了一陣呆。架上的書排得密密麻麻的，五顏六色的書脊掠過她怕塵的鼻尖，說着高高低低、凹凸不平的話。書的名字念起來都給人一種驚眼、重要的感覺，但許多驚眼、重要東西堆在一起，馬上又變得沉悶平凡了。

現在，她手上的那一本給舉起來了。它緊貼着她右手的手掌和拇指。隨着她的眼睛，紙的切口在其他書的脊樑上來回游蕩。它不過一公分，薄薄的也不覺得怎麼有分量，要找一個棲身的空間，該不難吧？

她伸出左手來，女性小小的指頭插進架上兩本書中間，用力把其他的書往兩邊推。本來擁擠的地方出現了一道窄窄的縫。她用力把這一本也推了進去。這時電話響起來了。她看着書消失在壓得更緊的書叢中，拍拍手上的塵，跑去聽電話。離開的時候，匆匆回過頭來看了它一眼，但它消失了。

老人家血壓高，不能照顧小兒子了。她頹然倒在椅子上，一堆不守秩序的聲音馬上在腦海中憤怒地呼喊。她丟下製作到一半的簡報，抓起了一張紙——但筆呢？啊我的筆呢？只有這禿禿的一小截鉛筆屁股嗎？……對，得先把小兒子接回來，當然也要通知補習姐姐換一個上課地點，姐姐到的時候馬上到超級市場去，買完東西把乾洗完畢的西裝褲子取回來——對，必須記得帶單據；回程還得繞道到銀行一趟，要把稿費支票塞進自動提存機，當然也不能忘記轉賬到信用卡，不然利息可高得怕人哪。提款時要把老人家看醫生的錢也算在裏面。呀，簡報！怎麼，死機啦？該死的手電，也叫嚷起來趁熱鬧呢！嗯，好的，今天晚上一定會寫好的了，請相信我，我不會讓您為難的……

再次站在書架前面。午夜的燈光帶着紙的草木味。她甚至看得見空氣中飄揚着的紙的纖維。但書已經擠得堅實，要拿都拿不出來了，這一本該怎樣插進去呢？她的手指又在書堆中用勁，要擠出一條新的縫來。Oh come on, just one more！還是推不動。薄薄的書只好隨着她的手臂緩緩下墜。

她坐到地上。沒有選擇了，只能一直拿着它，閱讀它。她打開第一頁，一直讀，帶着偷情的快感，用最濃鬱最集中的愛去讀。寧靜的夜漸漸給讀出一道小小縫隙來，透支着明天，透支着責任，也透支着其他許多許多的好書。

全家都睡了。只頭上一片光，別的顏色都熄滅了。書頁張開的時候，她聽見急促而輕細的呼吸，像有人快給悶死之前忽然得到一點空氣那樣偷偷地猛喘着。她把頭再向攤開的書頁靠攏一點。啊，她看見了，書頁上的中文字，正一筆一畫地冒出來，一個一個地凸現、成形，最後凝固成一段又一段的活着的記憶。

失魂魚

「失魂魚」是廣東話，說的是那些經常神遊象外，連身邊發生甚麼事都不知道的人。「失魂魚」給人的印象是糊塗、笨、反應慢，精神不集中。他們有時更會做出奇怪的行為。我最怕「失魂」的學生，他們不是找不到教室，就是交錯了作業、聽錯了指令……

可我自己正是一個不折不扣的「失魂魚」。一天下雨，到達學校已經很遲。我飛奔到影印機前，開始複印上課用的教材。教材印好了，我隨手就把那疊紙塞進手提包裏。可是我塞來塞去都塞不進，焦急不已；但在場的同事已經笑得人仰馬翻了——原來我那個所謂的手提包，竟是一直勾在我手臂上的雨傘！

有一次更狼狽。那時候還沒有八達通，地鐵用的是插孔的車票。那天我拿出自己的信用卡一直往票孔推，推了好久還是推不進去，後面已經排了長龍，人人瞪着眼睛看我。我發覺自己弄錯了的時候，窘得要命。可是香港人也真妙不可言，他們盯着我好久了，既不提醒我，也不發笑，你說奇怪不奇怪。

我以為自己的「地鐵失魂記」已經是最大笑話，沒想到另一位同事的「失魂」程度比我更甚。那天他走到地鐵的檢票閘前，竟然掏出了一串鑰匙，挑出辦公室門口的那一條，向着地鐵的票孔拚命插去，插了半天不成功，才猛然醒過來。

「失魂魚」當然也有醒來的時刻，可惜他們都太愛做夢了。

小情人

我有買書的壞習慣。為甚麼說「壞」？因為我閱讀的速度遠遠趕不上買書的速度。書一疊一疊買回來，馬上變成後宮佳麗，儘管姿容姣好，不久就給忘記得一乾二淨，最後就只能待在書架上，歎一句「碧海青天夜夜心」了。到我真的將之抽出細讀，不少已經受濕、蒙塵、生皺、褪色了。此時我必會托住書脊，抹去所有塵埃，然後端坐裁紙，把它「包」好，如同男子為心愛的女人撥開前額的劉海；此刻打從心底湧出了無限的憐愛。

讀的時候，我會拿來一枝幼咀原子筆，邊讀邊做筆記。我還會準備一張紙巾，用來抹筆咀。我讀得很慢，因為不夠專心。我總是一面閱讀、一面神遊；一面和作者對話，一面進入創作狀態。為了不讓思緒流失，我會在書頁上記下一切胡思亂想，甚至會在邊緣貼上小旗。我們會一同經歷許多場合，因此書頁之間難免出現一點點油漬，或一片枯葉，一封信，甚至一張忘記過戶的支票。像一個小情人那樣，它陪我上茶樓、坐公車、排隊和等朋友，晚上更會和我一道睡覺，在枕頭邊輕輕伸出頁尖來戳我。

然後有一天，家人會發現它寂寞地躺在飯桌上。他們會護送它回到書架。因為裹着晶瑩的包書紙，它顯得格外高貴。但它不知道，一度與它形影不離的主人，如今已捧着另一本書，斜躺在沙發上享受她熱騰騰的六安茶了。

豆芽兒

每個孩子都發過小豆苗。

用一隻小碟子，放些濕棉花，灑上三數小小的綠豆，不消兩三天，銀亮的幼芽就會破殼而出，向光搖動，展示生命那自我表達、自我完成的強大意志。如果得到適當的栽培，這些小豆芽一定能夠成長、開花、結果，又變出許多綠豆來。

可是，每個孩子都會告訴你，才兩、三天，他們對豆芽的興趣就沒有了，剛剛冒出頭來的小芽兒，不是給媽媽或傭人丟了，就是因為無人照顧而枯死。從沒有人知道清甜解熱的綠豆沙甜湯是用甚麼東西熬出來的。知其然而不知其所以然，是所有城市孩子的悲劇。看着豆芽冒起的興奮，怎也無法延長成對整個生命過程的尊重。豆芽看得多了，孩子視早夭為常態，連傷心也不曉得。

人生而好學，對新事物興趣濃厚，嬰兒的眼睛探視四方，幼童的手足到處觸摸，學習理解世界的傾向與生俱有。可是，好端端的芽兒總被人擱在一旁，晾乾至死。不到七八歲，小孩子的創意思維已蕩然無存，只留下機械記憶系統，以適應教育制度裏各種遊戲規則。我在大學裏遇見的年輕人，很多已經無法回到發芽成長的大喜樂中。我問他們：中四至中七背過的書還剩多少？孩子們嫣然一笑：全都忘記了！四年青春付諸流水，大家好慷慨。

忘了事小，好學的芽兒還會再度長出來嗎？開花結果，好像總是個遙遠的夢。

種綠豆

那一次，我們決定把綠豆種下去。我們不想永遠耽待於孩提的記憶。過長的芽兒撐不住體重，像記不清楚的往事半生不死地互相干擾、彼此拖累，又像受了委屈的毛線，塌陷糾纏。於是我們為小豆芽兒找來一個碗口大的瓦盆，注入新鮮的濕泥，播散養料，還送了給它們一整個天台的陽光。從此，小芽兒脫離了淺薄的藥棉，開始扎根於真正的土壤。向上，它們攤開了墨綠的小手掌，把藍色的、灰色的或給星星戳穿了的黑色天空捧在掌心觀看；向右，它打開了小枝椏，張臂招呼一個在旁蹲着、急於看它長大的小男孩；向左，它點燃了明亮的小黃花，鏡子一樣納入路人的微笑。

「這花好看，是甚麼來着？」路人問。「綠豆呀，你也種過的。」小男孩回答。「哪有？我沒種過。」路人否認。「一定種過。你做過小孩子嗎？」孩子堅持。「真是，你怎麼曉得我種過？」孩子說：「我就曉得。」

路人嫌孩子主觀，但仍忍不住蹲下來看。那株已經成形的植物大概有一尺高了吧？起角的葉子從強壯的莖部平直攤伸，男性而成熟的綠色，營造了許多英雄意象；黃花卻顯得滿足，像一個正在奶養嬰兒的曲髮少婦。小如縫針的褐色豆刀，就那樣含着乳頭睡在花懷裏。

路人等不多時就離開了。許多天後，兩寸長的豆刀必卜打開，小小的綠豆就自莢縫滑出，鮮綠近乎透明，像許多鑽石那樣，向孩子的眼睛發出無法匹敵的光芒。

單純的快感

高爾夫球往日一直是上了年紀的有錢人的運動，但這十多年來橫掃中產階級，且迷倒無數年輕人。「咦，打高球？高檔玩意啊！」一聽就知道是外行話。今天高球練習場到處都是，一百元可以玩一小時，滘西南北場向所有市民開放；市面經濟不好，高球用品店卻愈開愈多，可見這種運動正日漸平民化。

迷上了高球的人，難以向人解釋其何以沉溺。即使說了，也不過皮毛描述，聽者所得不及真相的萬分之一。若非親自下場，親手擊中小白球的「甜點」(sweet spot)，看着它呼嘯而去，你是無法領會其樂趣的。送桿如送友，愈遠愈好；待球如待妻，愈溫柔愈有效。揮桿後你引頸張望，看小小的圓點滑過藍天白雲，滑過樹梢鳥翅，也滑過靜靜的湖水，最後落在毛絨絨的青色短草上。行乎其所不得不行，止乎其所不得不止，一行一止都牽心動魄；由那金屬的一聲「砰」開始，你覺得自己已變成那小小的圓球，在廣闊的天空中畫出完美的拋物線，那種單純的快感，叫人難以自持。

你也許會說：這樣的球，你可能打一百桿才有一次。說得再對沒有了。但打球的人卻會為這樣的一桿再打一千桿、一萬桿！如此一來，技術自然愈來愈成熟，擊出好球的次數也會變得愈來愈頻密了。千擊偶中，原也可以支持你不斷追尋，直至你每次都一擊即中。許多人一桿上手即無法放下，正因如此。

高球寡婦

中年夫婦到了孩子上大學離家的年紀，一般會變得非常寂寞，心理學家稱之為「空巢現象」，但打高爾夫球的父母，對此會適應得較好。可是，高爾夫球熱也製造了許多不快樂的女人，她們就是所謂的「高球寡婦」了。

「高球寡婦」，正是給打球的丈夫在假期留在家裏的寂寞妻子。因為打高球不同打網球、打籃球。這些運動可以在附近的運動場進行，而且只要打一個半個小時就叫人大汗淋漓、深得運動之快。完整的高球場都坐落市郊，打一場高球至少要三數小時。連交通時間，打球的人一去就是一整天。周末給留在家裏的妻子即使沒有怨言，也不見得很快樂吧！這些太太平時不是忙着打工就是埋首家務，等啊等的等到星期六，滿以為可以跟丈夫好好過一天，他卻早出晚歸，她怎能不難過？你不讓他去嗎？一次兩次可以，長期不許他上球場幾乎是不可能的，因此鬧至離婚的案例，並不罕見。沒辦法，做太太的只好啞忍。有夫等如無夫，久而久之，心裏必定生出病來。心理醫生不少生意，原來和一門可愛的運動有關，真是諷刺。

怎樣才能將這些太太的抑鬱症治好呢？硬要丈夫放棄興趣，後果可能更壞。他若遷怒於她，這一對的下場就更悲慘了。而且，這對他也不公平啊。我想到的唯一方法，就是讓他們的太太也狂熱地喜歡上這小小的白色圓球！

成功的果嶺

興趣帶來的力量，不可思議。真正的高爾夫球手是很「熱情」的。盛夏高溫達三十七、八度，驕陽似火，大地像一隻冒煙的平底鑊。人人都想盡辦法躲進冷氣間喘一口氣，可是高球場上的球癡依然一隊接一隊出發。為了打球，他們竟心甘情願地在烤爐熱鍋上走六公里。有些人清晨五、六點就開球了，九點打完了才洗澡上班。十點到兩點太陽最厲害，可是球手塗上厚厚的太陽油，依舊上陣。中醫說，夏天即使在安全島上等過馬路也會中暑，高球手的「發燒」程度，可以想見。

我認識的成功人士，都不厭惡上班，他會把工作看作一場球賽。我常常思考如何將打球的熱情應用到工作上去。第一，我怎樣才可以調整自己的心態、積極主動地走向工作的「場地」，毋懼辛勞、勇往直前？第二，我如何在工作過程中不時擊中「甜點」(sweet spot)，用以獎勵自己？第三，我怎樣利用這種滿足感去承托繼來的沉悶？走一截熱路打一桿好球，其實正是「捱一陣鹹苦吃一頓好飯」的又一版本。如何令這些「好飯」的滋味長存心頭，令「鹹苦」不那麼鹹，可能正是事業有成的要訣。

有人但求無過、不思有功，另一些則煞費心神討好老闆為自己鋪路，可惜這兩種人都不會有甚麼成就。惟獨享受工作過程的人，才能不斷進步，迅速走上成功的果嶺，一桿進洞。

找朋友

有些人一直很努力地「找朋友」，卻連一個「伴兒」都沒有。他們很能遷就別人、沒有脾氣、任勞任怨；朋友的提議他們從不反對，朋友的活動他們都樂於奉陪。但不知道甚麼緣故，他們很孤獨。相反地，有些人脾氣很大，性格極其古怪，說話更強硬無禮，行事為人不大理會他人的感受，但他們不光有很多好朋友，有時甚至還是某個群體的領袖。

許多人對這種現象大惑不解。魯益師(C. S. Lewis)給我們的答案非常合理：友情建基於共同的旨趣，「別有用心」者注定失敗。這些卑躬求友的人沒有做任何人好朋友的基本條件——他們沒有真正的關懷；在其生命中，任何興趣都不過一種手段，當中無「興」也無「趣」。這種人與你交往，目的是「你」這個人對他的注目和關愛，而非你和他共通的興趣。不久，你倆再沒有話題了；每次見面，你都希望聚會盡快完結，他卻賴着不走。為了討好你，他做盡一切好事：讚美啦、送禮啦、扛扛負負接接送送啦，總之赴湯蹈火萬死不辭。可是你一點不感動，反而生氣。一方面你怪自己無情，一方面又覺得自己給枉屈了，因為你的無情其實全然來自他的無趣。他帶給你的不是友情的愉悅，而是負擔。負擔變成壓力，壓力變成厭惡，厭惡變成鄙視。他再次失去唯一的朋友。

朋友不是「找」回來的。有「趣」的人，不愁沒有朋友。

友誼萬歲

友情建基於共同旨趣。人間一切美好的關係，全都建基於共同的旨趣。

父母子女之間的愛是沒有條件的，父母愛孩子，好壞都愛。孩子愛父母也一樣。但這並不是説所有父母子女的關係都美好。一般父母都經歷過孩子的少年期。這時期的孩子都在某種程度上變得「反叛」，大家已經習以為常。但我們還是要問：反叛的孩子最後都能夠回過頭來和父母成為「好朋友」嗎？

要跟孩子成為好朋友，同樣須要具備「友誼」的基礎——共同的旨趣。沒有這個基石，父母只會變成孩子道義上不能不關顧的「特殊老人」。孩子的感情焦點必然落在他們下一代的身上。他們若沒有「我多想跟老爸談天」的欲望，身為父母的會感到失落。可見，父母子女間的「友情」是很重要的。

夫妻的愛主要是情愛、性愛。我們把再沒有話說的夫婦叫做「老夫老妻」。魯益師認為愛情是最短暫的感情，卻最喜歡自稱「天長地久」，可謂諷刺得很。但真的沒有天長地久的愛情嗎？其實，愛情最需要友情的支援。受到外來挑戰時，愛情是最堅強的。可是，在平凡的日子中，愛情的骨質會變得鬆疏。夫妻之間若有信仰、子女甚至是高爾夫球等「共同旨趣」，婚姻一定更穩固。愛，固然仰仗兩性互相吸引的感覺，更不可缺少的是意志的支架和友誼帶來的愉悅。任何關係中，友情都不可或缺。

星期六教育

星期六教育，也就是離開了教室的教育
——可能才是最重要的。

受苦大業

受苦，沒有人想。這話對嗎？不一定。有些人的人生目標就是受苦。說精確一點，是讓人家知道他在受苦。見過這種婆婆嗎？靜靜把家務完成、家庭打理得井井有條。媳婦呢？一天到晚看電視。兒子回家，婆婆就拿出許多證據來投訴他老婆只會享福、要她老人家辛苦忙碌云云。漸漸，她的話成了耳朵的負擔，兒子只好帶媳婦兒上街看電影去。

見過這種員工嗎？這位秘書小姐做事周到細緻，全無瑕疵，一天到晚忙得滿頭大汗，在公司裏走路也要小跑步。鄰座女孩則有時間培育紫羅蘭和修剪指甲，而且五點一到就走。秘書小姐恨恨地告訴老闆對方躲懶。誰料老闆一點不在乎。總之事情做妥就好。他想：秘書小姐放假時，鄰座女孩也很能幹呀，況且他喜歡常常笑的同事。

要把勞苦婆婆和心酸秘書改變過來？休想。婆婆當然可以練太極，到老人中心學打扭花毛衣，或做烹飪班導師。但她都不要做。她的終極目標就是突出媳婦的不是，讓兒子後悔娶了她。

秘書小姐當然也可以找朋友燒烤、宿營、遠足，或吃一點下午茶，交一個男朋友。但她不要，還矢志認定這都是「蒸生瓜」式不負責任行為。她的夢想只有一個：老闆覺得我不可或缺。

經濟不景氣，媳婦出外工作，兒子把媽媽送進了老人院；公司裁員，老闆只留下笑容好的女孩。公義與否，不在本文討論範圍。但以受苦為一生功業的人，最後必定得竟全功。

謀殺熱誠招數簡介

任何機構總有熱誠、投入、開朗、不計較的員工。他們做事主動，勇往直前，享受工作過程，付出精神時間金錢在所不計，且能從所做的事情中找到生命的意義。

但是，這種人十分「乞人憎」。他們常常「發明」許多新工作，只想平平安安「逗薪水」的人必給弄致心緒不寧。大家一方面因此「多咗嘢做」，一方面怕熱誠的人將他們「比下去」，故不自覺地就想把他們的熱誠消滅。

謀殺熱誠的方法很多。第一，用笑容絕跡、沒有回應的冰棍長臉對待有心人，讓他們在滔滔不絕發表新計劃時忽然覺得自己是個大笨瓜。若此不能冷卻他們的熱心，可用第二招：把他們拖入無窮無盡的繁瑣行政程序中，讓他們疲於奔命、方向盡失；或把對方說成貪便宜的小人，繪影繪聲地指摘他們侵吞某次會議時用過的鉛筆、控告他們浪費紙巾甚至枉屈他們收起茶點帶回家給孩子吃等，都非常有力。此招一出，對方工作的情緒一定大受打擊。如果這樣依舊不能謀殺其衝勁，還可進一步搗毀其聲譽。「博升」、「刷鞋」、「出位」是必發之箭，到對方的人格給刺得遍體鱗傷、血流成河時，還可以邊說邊哭地訴說他們「大蝦細」、「踹手足」等傳言，把他們剩下的零星積極態度說成是攻擊別人的暗器。這是致命的第三招。

假如經過這許多折磨，對方依舊「健」在，這個機構就有福了。

原諒

基督教靈修大師章伯斯（《竭誠為主》作者）談原諒，說如果我們「原諒」從未認錯的人是不道德的，可謂甚有見地。耶穌基督拯救的是向祂認罪悔改的人，而不是那些掩飾個人錯誤的不信者。基督愛他們，但他們若不肯認罪，祂的愛就不能夠延伸成拯救，因為這是不公義的。

許多人認為基督徒老在說「愛」、說「包容」，不敢面對人性的醜惡，非常虛偽，我舉手贊成！其實真正的基督徒應該有更清晰的是非觀，孰對孰錯，白紙黑字寫在聖經上。他們該有勇氣指出肢體的錯誤和面對自己的罪惡，而非用「忍忍忍忍忍」的方式來使自己「看起來」更和藹、更溫柔、更「教友」。章伯斯也說過，「效法」基督是好的，但「扮演」基督徒卻完全是另一回事。要做到「生氣卻不犯罪」和「不含怒到日落」是有辦法的。聖經教導我們親自跟對方說真心話，助其回轉。如果對方不聽，可找弟兄來勸，背後談論最不好。

這是極難的功課。面對面指出對方的錯誤而不含恨、不尷尬，承認自己的不對而不怯懦、不懷怨，都很不容易。因此，真正的原諒很少發生。壓抑怒氣，或完全忘記對方的過犯，都不是真正的原諒，那只是無奈、逃避或自命有器量的驕傲，與真正的原諒無涉。有人認錯、有人寬恕，重新接納對方，才構成充分的原諒條件。聖經教導我們原諒他人七十個七次（即許多許多次），人是無法做到的，除非基督在雙方心中施行神蹟。

驕傲的巫相

小時候總聽見老師對考第一的同學說：「不要驕傲。強中自有強中手，百尺竿頭，要更進一步啊！」那時「驕傲」的意思是自滿。孩子的驕傲是兔子對龜的態度。

上了中學，驕傲之義變成了「表演優勢」，廣東話叫做「曬命」，就是把自己厲害的一面放在路口晾曬。少年人的驕傲，原不過一種和年齡掛鉤的英雄主義。香港人用「寸」字來描述這一類人。「寸」的前身是「巴閉」、「沙塵」、「招積」。可是，這些形容詞沒有一個能夠真正破譯驕傲的內涵。

深層的驕傲，能以最謙卑的容貌面世。真正驕傲的人最大的「成就」

是能夠對自己說：「我已經克服了驕傲。」到了這種「境界」，他必定已經變得敦厚隨和、如同君子。唯一的線索，是他仍會語重心長地說：「她太驕傲了，這樣如何能進步呢？」好像他自己已經脫離了一切驕傲的可能。

推算下去，在行為上無可指摘、有巨大道德意志的人，正是最驕傲的人。因為他單憑個人的心靈力量就能成為一種風範。他的自信來自控制個人情欲的成功經驗，他清楚知道自己已經脫離了一般人那充滿內在掙扎的心靈常態，且已通過努力鍛煉得到了思想層面的「自由」。這種驕傲，以「德行」的光輝形象出現，至為可怕、也最難治癒。人的美德，同時是驕傲為我們設下的最大陷阱，教人一想到就毛骨悚然。

不遇與無才

年輕朋友一日來聊天，低頭說：「我已經二十多歲，但生活磨人，理想靠邊站，自己一事無成。」我聽了把椅子拉近一點，認真地端詳他，說：「你二十多歲已經成為老師，有機會作育英才，怎能說一事無成呢？」年輕人不發一言，低頭深思。

一位寫過一本書的中年朋友，看完某位名作家的散文集，歎氣道：「人家四十多歲時已經完成這樣偉大的作品，我還寫來幹甚麼呢？」說時很失落。我可不同意：「達不到那種水平就不寫的話，世界上還有多少人能夠寫作呢？」

別人的成功，竟然成為我們的挫敗，不是很荒謬嗎？

小時候總覺得日本劇集（例如《青春火花》）把「夢想」、「理想」炮製得古古怪怪的。長大後才曉得，這些高調的字眼其實層層包裹着「出人頭地」、「吐氣揚眉」一路的英雄主義，在卑微繁瑣的日常事務中，它會讓我們覺得自己做的事一點意思都沒有，不是懷才不遇，就是根本無才。然而，怎樣的「才」該得到怎樣的對待，可有規範可循？我不曉得。可以肯定的是：覺得自己懷才不遇的人，一生不會遇上真正的欣賞者；覺得自己無才，則一定不幸言中。

那天我跟年輕人聊到黃昏。他微笑點頭的時候，我知道他已經接納了自己。至於那位中年朋友，則一直未能重新出發，寫出重要的作品。

科技反應

我一忙，桌子上的東西就亂七八糟，要找的統統找不到。愈找不到，心裏愈急，愈急愈想不起東西放在甚麼地方。同樣，我電腦裏的檔案，常因命名混亂、放位隨心而變得難於尋索。不過，後來我學會了用「搜尋」功能，大部分的失蹤檔案都給找回來了。

我常常希望自己有空做一點「檔案管理」的工作，可是每次都要等差不多半年。因此，這個「尋找」功能我還是經常用的。久而久之，電腦虛擬世界的生活方式開始侵佔我的現實。不止一次，我找不到剪刀、原子筆、改錯水的時候，心中就冒起了按鍵的衝動。我覺得只要急按「尋找」兩下，在對話方塊中鍵入「剪刀」，它就會馬上出現。這種錯覺常常發生，叫我吃驚。

那一次更胡鬧。我在地鐵站口看見一個乞丐。我雖然知道他要是真的沒錢，必定能夠拿到綜援，地鐵公司也不高興我們鼓勵乞丐在他們的地方討飯，可是多年以來，我已經習慣了往口袋裏掏出一點零錢給他們，因為乞丐討飯的樣子總叫我這個豐足的人心裏內疚，給他們錢是為了疏導自己的不安。可是，今天我搜遍了自己的口袋錢包，都沒有零錢。突然，心裏閃出一個念頭：八達通！我定一定神，站在街頭傻傻地笑起來。我居然想到要拿那張古怪的電子卡放在乞丐的缽子上「必」呢。真要命，看來我已經給全面電子化了。

萬字夾與保鮮紙

沙士期內上課，講「創意思維」，對象是老師。眼前二十多位同工，都戴着口罩，臉上是疲倦的眼睛。星期六早上，他們還要來到大學上課，真是既可敬、也可憐。這星期中學剛復課，老師忙於探熱防「沙」、調整課程，一定累壞了，哪來甚麼創意思維？

可是，當我問老師，萬字夾（曲別針）可以怎樣用的時候，老師們的答案依舊創意盎然。他們的構思包括用來做裝飾、別針，或用來開鎖、清理改錯白漆等。最有趣的是一位年輕老師的「用法」——按鈕。進出升降機、開電鎖、使用微波爐……不是都要按鈕嗎？疫情嚴重，任何「電掣」都可能是病毒的傳播工具，用萬字夾按鈕，萬無一失。同工聽了都誇她有想象力。不知道這位老師是不是每天都將一大把的萬字夾放到衣袋中，按一次扔掉一個呢？（這不十分環保，可以考慮將之消毒再用。）

另外一位老師說，現在很多學校都用保鮮紙來套着體溫計才幫學生量體溫。耳測式的體溫計，本來有相應的耳套，但市面已搶購一空。老師起初用酒精給探測咀消毒，可體溫計因酒精滲入壞掉了。怎麼辦呢？老師於是出動了包食物的保鮮紙。這是誰先發明的呢？我不知道。我只曉得目前很多中學已經採用這個方法了。

有說教育界缺乏創意，其實不然。使我們創意凋零的，是社會對公開試唯命是從的態度。

你們出去補習吧！

某一家很不錯的「名校」，養着一個懶惰的理科老師。她書教得不好不在話下，校長查作業，她就讓學生拚命追做功課，做對了，她就用白油改成錯的，再用紅筆批改，證明自己「有改簿」；更離譜的是公開鼓勵學生上補習社「補鐘」。學生為了前途，都趕忙報名。補習社專門教學生考試技巧，這些學生的公開試成績因此都很好。

因為這些孩子很自覺，他們的父母也節衣縮食送錢給補習社，這位老師竟然得以繼續「害」他們，因為她每年「帶」出來的考生都有輝煌的「成就」！但今日經濟這麼差，家長須負擔一項額外的開支，多辛苦啊。

聽說一些家長就此向以前的校長投訴。豈料校長先生對着其他的同事聲明：「我不理老師怎樣教，誰的學生公開試成績好，誰就是好老師！」同事聽罷，先是給嚇壞了，繼而心死了！這是教育工作者說的話嗎？

我要在此提出三個問題：第一，這位老師為學生樹立了怎樣的「楷模」？第二，學生出去補習，把大量時間用在這個科目上，那溫習其他學科的時間必然相對減少了，這對考生和其他老師公平嗎？第三，沒有錢補習的孩子可以怎辦？

別問我這是誰講的故事，就當是一個傳聞吧。我只能說，說這故事的人絕對不止一、兩個，大家都非常痛心。這位老師，我鼓勵你改過自新，沒有局面是不可改變的！

出了甚麼問題？

「烽煙」節目上，一位女士講了一個真實故事。她說，那天上市場買菜，適值附近中學下課，大批中學生三三五五沿着人行道走，阻塞了人流。女士禮貌地請他們讓開，豈料一個女生回頭喝罵：「你趕住去死呀？」

我聽了很難過。我們的下一代，出了甚麼問題？一次我帶着學生跟三位作家和一些大學同事吃飯，炒飯來了，同學們拿起碟子，一人要了半碗，輪到作家的時候，碟子已經空如明鏡。事後同事很生氣，說我「教養」太差、讓大學蒙羞。其實當時我一直跟朋友談天，沒注意這事，後來也覺得該跟同學們談談，然而事過境遷，無端拿這種事出來說不免突兀。

可是我一直耿耿於懷，覺得此事「爛了尾」。

大學生的無心之失，中學生的肆意犯錯，我們都有責任。「養不教，父之過；教不嚴，師之惰」，但自問雖常有「過」，卻不算「惰」，那麼，孩子們為何變成這個模樣了？是家庭教育的意識太薄弱了嗎？是教育焦點錯置了嗎？是教育深度不足？是自我中心歪風的耳濡目染嗎？大概都是。

《紅樓夢》裏，黛玉初次在賈府用餐，膽戰心驚，單憑觀察，就學會了許多儀禮。賈府中人的虛偽和形式主義我們當然不該學，但我們不得不佩服黛玉之「會學」，也不得不羨慕她的「有樣可學」。但願我們這一代人能夠為孩子們樹立更好的榜樣。

家務小子

最小的兒子出生時，我們家開始聘用菲律賓傭人，因為我是很典型的「工作媽媽」，回家精疲力盡，無法處理家務。那時大兒子四歲，女兒三歲，都在念幼稚園。從那時起，我家的孩子都不用做家務，不做自然不會。

轉眼十多年，小兒子念初中了，他的哥哥姐姐更是預科生啦。這一天，我們發現新來的菲傭偷東西，在家偷，聽說在教會也偷菲國姐妹們的錢。證實後，我們把她解僱了。可是家務怎麼辦呢？

我們馬上買了乾衣機、洗碗機回家，一家人開會分工，希望可以把「家務壓力」減到最小。我下班負責買菜做飯，哥哥洗廁所，姐姐熨衣，爸爸洗碗，弟弟抹地。開始時，我很擔心應付不來，但我對自己說：「你呀，一天到晚對着電腦，從不運動，做飯正好伸展筋骨！」這樣一想，心情就有了轉變，家務的擔子一家人合力扛了起來。很奇怪，我們的家居衛生竟然比以前好得多了！

我們最大的收穫，就是讓孩子學會了打理自己的生活，他們都變得獨立了。從洗熨、洗碗、清潔、買菜到燒飯他們都學會了。這一年來，他們得益最大，我們也安心了很多。現在，哥哥出國念書去了，妹妹正面對高考，弟弟也要為選科而努力。我們請了一位香港太太來幫忙，她是職訓局訓練出來的時薪僱員，服務水平勝於外傭。能夠為香港人創造一份工作，不是很好嗎？

星期六教育

小兒子十五歲，打手球兩年，今年參加學界乙組（十五、六歲組）賽事。少年人不喜歡父母跟在身邊，我們也不常去看他比賽，怕同學笑。可是，他喉嚨發炎剛復原，我們怕他忘記抹汗再度冷着，才做「跟得父母」。我問他同學們怎樣看，他說沒甚麼。上星期，他們還大方地跟我打招呼。

我們到達的時候，一所著名的九龍塘男校正和另一學校進行丙組（十三、四歲組）比賽。那男校的孩子打得不錯，一直領前。可是教練很嚴厲，球員出錯，他破口就罵。手球比賽是速度很高的「大球」賽，要求即時反應，出錯在所難免，這樣喝罵，怕只會搖動軍心。

到我們孩子學校比賽的時候，景象截然不同。體育老師很會鼓勵人，稍微表現好的就高聲稱讚，射門不入仍大叫「做得好」，指導都很具體，孩子們也愈戰愈勇。比賽完了，老師跟大家仔細分析賽情和球技，讓球員繼續學習。今年贏的時候如此，去年輸的時候也一樣。

賽後處理，最能見出老師的素質。天主教男校打完了球，教練和球隊拍拍屁股就走了，留下一地垃圾：水瓶啦、紙巾啦、零食包裝啦……

我們孩子念的是政府中學，學生大多來自基層，但意外地大家都很有修養。臨走時，老師鄭重吩咐同學把垃圾清理好。外子和我看在眼裏，覺得這才是教育。

星期六教育，也就是離開了教室的教育——可能才是最重要的。

老屋苑、新書店

一天，兒子告訴我：「媽媽，真好，下面開了一家大書店。」原來兒子要做報告作業，但在網上找不到資料，到處碰運氣，結果碰到了樓下一個商場去。他說，在那兒的書店買了米蓋朗基羅(Michelangelo)的畫冊。我聽了才想起自己早看過書店開幕的廣告了，但一直沒放在心上。原因是那書店用了一種很普通的花作為名字，我看了以為是專賣愛情流行故事或各種高球、汽車雜誌的大型書報攤。兒子說買到畫冊，於是我也去看看。

原來是很大的書店，裏面的書架排列很自在，不擁擠，一角還擺放了椅桌，供讀者打書釘。聽說還會定期舉辦文學聚會呢。他們當然也賣財經指南、流行小說和成功文學，但也有很多我喜歡的書，當代作品、翻譯文學、古典巨著甚至基督教經典都有，叫我很興奮。最開心的是知道店子的老闆自己也寫小說，經理則是詩人。聽經理說開張以來都沒有客源短缺的問題。「這私人屋苑的讀書人真不少，我們的生意大部分來自這兒的住戶。」我往裏一看，只見來看書的人，大都是四十到七十歲的讀者，實在佩服老闆的生意頭腦。誰開書店都想起要到旺角去，但他竟到西九龍來發展，實在精明。這個三十多歲的老屋苑哪，以九十九座大廈組成全亞洲最龐大的住宅群，讀過書的老一輩住戶甚多，在這兒生活的香港作家也不少呢！

疫情裏的亮光

五年的經濟不景氣帶來了許多失業、負資產、貧窮、埋怨和絕望……一波未平，一波又起，早已千瘡百孔的香港忽然爆發非典型肺炎。過去三星期，我們更經歷了彼方的戰爭和眼前的疫病，死亡不再遙遠。在中東的炮響和孩子的哭聲中，許多港人已經因病去世，他們的親友痛不欲生；在可見的將來，更多的食肆會倒閉，更多人會失去生計，唯一的經濟出路旅遊業也因此下滑……

雖然付出了這樣巨大的代價，我們卻同時看到了苦難中的祝福和亮光。我們看到香港自己培養出來的醫生、護士是多麼的勇敢，市民對他們是何等的感激；我們看到這個城市的新聞工作者是何等地盡責、新聞報道又是何等地深入；我們的醫療科研專業達到了世界水平；學校停課，學界多少疲累不堪的員工、教師、學生得以喘一口氣，享受到難得的家庭樂；又因為人人戴上口罩，一般流行性感冒也被堵截了；許多人更藉着這苦難得以從忙碌的生活中解脱出來，開始反省人生的意義……

我有一些卑微的願望：我希望香港成為非典型肺炎的醫學中心，領導世界徹底打敗這邪惡的病毒；我希望一度極其富有的香港人也徹底醒過來，重新認識自己的生命。我最希望的是我們因此變得更團結，更懂得愛人、自愛、共同成長之道。老子説：「禍兮福之所倚。」讓我們先從自己做起吧！

請君側耳聽

「非典型肺炎」爆發，奪去了許多香港人的性命。試想想，如果死去的是我們的親人或好友，我們會多麼難過啊！疫病剛開始時，一位老中醫打電話給港台早上的「烽煙」節目，說中藥可以治好這一類病人，從他謙卑的聲音我聽得出來，他很想幫手救人。當時，主持人客氣地讓他把話說完，就聽別的電話去了。沒有人回應他。

我的外公、外伯公都是中醫。媽媽說，外公年輕時患了肺炎，住院前喝了數服藥湯。那一次十三人因肺炎住院，只他一人生還。

西醫在香港一直壟斷醫療界，排斥中醫，也排斥在美、澳各大學受訓多年的脊醫。即使今天香港在疫病惡魔的折磨下死了許多人，醫院仍不肯試用中藥。醫學會會長說現階段不宜引入「不明朗因素」，但人命關天，我們是否可以在病人和家人簽名同意的情況下試用中藥？病人一旦懷疑自己染上了「非典」，就「必須」住院隔離，但一進了醫院，就被剝奪了選服中藥的機會，這不公平啊！

目前，港大、中大和浸大在不同的學術及實踐層面上都提供中醫課程，醫療界是否可以開放一點，聽聽別的聲音？浸大的李致重教授已經多次呼籲西醫打開合作之門了。西醫一定要虛懷若谷，才能拓展自己的境界、造福病人啊。如果合作路上還存在着技術困難，也請雙方開始交流、商討吧，我們老百姓已經等了好久了！

平衡

肺炎肆虐，可香港不但不會因此垮掉，我們更會比任何時間都強壯、清醒、團結。我們要做的，是學會重過平衡的生活。

我們要在小心行事和過正常生活之間取得平衡。肺炎可怕，活在恐懼中而忘了活着的意義，比死更可怕。注意衛生是為了自保，更是對家人、同事和社區的責任，再麻煩還是要做；衛生一旦搞好了，就該過正常生活。情緒緊張，會降低免疫水平。做運動、睡飽、吃水果、電話上聊聊天，為還有工作而感恩，比躲起來發慌更好。

我們要在中醫和西醫之間取得平衡。中西醫互相學習，中西藥結合並用，能為病人帶來最大的康復機會。山頭主義或因怕背黑鑊而見義不為，都是自私的。

我們要在隔離病患和照顧民生之間取得平衡。戴口罩、備酒精，我們就可以上館子、訪郊野、買東西、遊名勝……我們對其他市民有手足之責。人人都要過活，躲在家裏完全不用錢，大家就會失業。

我們要在努力防疫和尊重他人人權之間取得平衡。台灣的武力隔離，北京的醫車遊街，各地的兩周禁閉，香港非典病人沒有選服中藥的權利——這一切我都反對。隔離病例時，我們要記住：病人不是罪人，得好好尊重；市民有知情權和某程度的選擇權，這也得尊重。

取得平衡，才不至於顧此失彼，才能團結一致、互相扶持，盡快恢復個人和社會的元氣。香港要得到更好的國際地位和評級，我知道：我得先從自己做起。

我們可以做點事

「非典型肺炎」肆虐，捱窮數年的香港人，更體會到甚麼叫做「貧病交迫」。我們不是醫生和微生物學家，對疫病束手無策，唯一能做的是搞好衛生。此外，我們還可以為身邊的窮人做點事。

如果家庭條件許可，請不要用外傭，可考慮聘請香港的時薪幫傭。這樣的話，我們的居住環境會更寬敞，香港的某一個家庭更會因此增加收入。

經濟條件容許的話，請多坐計程車。計程車的司機現在每天用三百多元的成本來租車、加油，有時工作長達十二小時，卻只能做五、六百元生意。許多人丟了職業就去駕車，競爭大了，司機的生活很苦。有經濟能力的人請都來坐車，你付了車資，幫了人，自己也得到更好的休息和更多的時間。

有高薪職業又沒有負資產的人，例如學校裏的老師、大學教授、醫生、律師等專業人士，請考慮聘請一些畢業後沒有工作的大學生做半職私人助理，讓他們做一些輸入文字、製作教材電子版一類的零碎工作，直到社會變得豐裕、年輕人找到工作為止。

買東西也是很重要的。能買的人都應去買，買有用的、能留着用的東西，也買當下就吃完、用完的東西。只有這樣，賣東西的人才能生存。把錢存在銀行不會令我們更安全。還有能力的話，我們今天就應該把資源平分出去，讓大家都吃飽。

但願我們都有能力做這些事。

風涼話與真英雄

非典型肺炎帶來全港恐慌。有身處外國的華人說我們小題大做，竟在網上指肺炎不過是香港的「風土病」、只佔當地一、二分鐘新聞時間云云，又說我們應該把注意力放在美伊戰爭才對。這樣的講法實在無知！戰爭和疾病均是人類大敵，拿來比較，源於自義心態。只要代入突然喪失至親（無論是陣亡還是病逝）的人，就知道疫病和戰爭一樣可恨可怕。我們看見伊拉克人民爭相逃難、孩子缺水缺糧，無不傷心欲絕；面對高速傳播的疫症而變得敏感，進入高度戒備狀態甚至情緒失控，也無可厚非。那位華僑身處的歐洲，既無疫症也無戰爭，隨便深責港人缺乏正視國際形勢的公義之心，本身正是殘酷的表現。

香港人真的全是那麼自私自利的嗎?我更反對。昨天某報就特寫了一位年輕的女醫生瞞着父母、主動加入了威院的「污染組」(The Dirty Team)、冒險服侍非典肺炎病人的事跡(後來讀者文摘也有相關報道)。患難見真情,前線醫護一直謹守崗位;病癒的醫生臉色蒼白但堅持對市民說鼓勵的話;新聞工作者為了全面報道疫情而不眠不休;清潔工人戴上手套洗抹污染區,淘大花園E座住戶被封鎖隔離而自律合作,兩大的專家徹夜研究病毒的特性和對策……全都叫我敬佩萬分。看新聞的時候,我感動得流下淚來。在港生活四十年,我從來不知道自己對香港這小小的海島有着這樣深厚的感情。加油啊,香港市民,你們都是我的英雄!

地球肺炎了

沙士期內，我幾乎每天都帶着沉重的心情張開眼睛。

遠方的戰爭與霸權，身邊的貧窮及肺炎，整個地球的污染和病態，無不使人憂心如焚、惶惶難以終日。醫生、護士竟夜和邪惡的病魔戰鬥，政客、官員日夜為政府的言行驗屍，世界經濟一髮抖而全身動，變種病毒一波平又一浪生。貧窮不再純因物質資源之不足，疾病可以完全來自生化武器的淫威。人類的搖籃米所畢大米亞埋藏着閃亮亮的黑色液體，因生物歷史的重量而變得富有，卻也因此身陷險境。

早上翻開《聖經》靈修，再次讀到《啟示錄》六章的預言。「預言」的定義不光是「對將來的事的預測」，更是「上帝話語的出口」。二千年前，使徒約翰被放逐到海島上，得見異象，以九十高齡寫下了發人深省的《啟示錄》，清楚說明世界將要帶着下面這一切老去：

戰爭。原文說：「有一匹馬出來，是紅的；有權柄給了那騎馬的，可以從地上奪取太平，使人彼此相殺；又有一把大刀賜給他。」

貧窮。「有一匹黑馬；騎在馬上的手裏拿着天平……油和酒不可糟蹋。」到時，聖經說，人每日的工資只夠他買自己一天的口糧。那家小吃甚麼呢？這就是貧窮。

疾病和死亡。「有一匹灰馬；騎在馬上的，名字叫作死，陰府也隨着他。」到處將是病人和無法治好的新病症。

看過聖經，面對新聞，糾纏的悲傷之中，我開始學習為自己的星球禱告。

啟示

《啟示錄》精深，不光在其對末世有精闢的描述，更在其對經濟、地理、歷史、社會科學和科學各層面的洞察力。

先說經濟吧。一百年前全世界都用煤做燃料的時候，誰會注意到小不起眼的伊拉克？中東，一直以來不是只靠《天方夜譚》和十個數目字才聞名於世的神秘國度嗎？但聖經說，世界的焦點是中東，最後的世界大戰也要在中東發生、進行和了結。《啟示錄》這樣描述伊國境內的巴比倫城：「那女人穿着紫色和朱紅色的衣服，用金子、寶石、珍珠為裝飾；手拿金杯……」而經她買賣的貨物則包括：「金、銀、寶石、珍珠、細麻布、紫色料、綢子、朱紅色料、各樣香水、各樣象牙的器皿、各樣極寶貴的木頭和銅、鐵、漢白玉的器皿……」（《啟示錄十七至十九章》）石油的發現，使這一切變得愈來愈接近。

整本著作中最驚人的是它指出世界經濟要一體化，人會在右手和額頭蓋印（目前科學家已知道那正是植入晶片的最佳地方），以進行買賣。用錢幣和紙幣的時代將要過去，「必」的一聲，你的錢就會轉賬到超級市場的戶口內。三十年前聽見這話，有人信才怪，但今天……想着想着，我們拿起八達通，手一揚，地鐵的閘門就打開了。將來這一聲「必」，可能就是每天聽得最多的聲音，也是決定一個人生死存亡的聲音。《啟示錄》讀至此處，我總是深感顫慄。

後記

小麻雀在寬闊的平台上停駐

春望

二〇〇四年三月中，數位中一女孩跟我在港大一家飯堂喝茶。一個說：「你是怎樣抓住寫作靈感的呢？」這是我經常遇到的問題。喜歡寫作的年輕人都想知道靈感的來龍去脈，恨不得將之馴養於掌中，且總是用閃亮清明的眼睛看着我，眼神充滿期待。可是我曉得，到這些孩子長大成熟，甚至年華老去，她們都不會看見靈感的蛛絲馬跡。我何嘗不是一個兩手空空的獵人呢？

可是，當我日復一日地追尋靈感的步蹤，自己也不慎放下了一些凌亂的腳印、造成誤會——小孩子以為我已經找到了，竟來問道於盲。苦笑之餘，我不免想到，這也許是個騙局：靈感這神出鬼沒的幸福之鳥，可能並不存在。傳說中的藍色羽毛，或只是孩子仰望樹頂時偶然瞥見的一點天色。誰能捉得住從未出現過的青鳥啊？

我看着平台，對小女孩說：「不要花時間去找青鳥，找小麻雀。牠們也有翅膀。」然後我靜下來咀嚼自己的答案，竟也漸漸因此釋然。孩子們看看我，又看看平台上的樹影春光，似懂非懂地點了點頭。

對，不再仰仗傳說中的靈感。

靠着多聞善感的存積，靠着透明如水的靜觀，靠着往復來回的思索，靠着生活平台上天天來訪的每一隻小麻雀，我繼續寫作的路。

秋收

二〇〇三年一月，《大公報》文藝版的編輯夏智定先生打電話給我，讓我寫一個隔天刊出的專欄，每次寫五百字。字不能多，也不可少。對我來說，這真是極大的考驗。當時我感到壓力很大，怕會交白卷，更怕自己焦急起來會胡亂塗鴉，因此我只答應寫半年。天父給我恩典，我終於勉力履行了諾言。到了秋天，稿子全寫好了。還記得寫最後一篇的時候，我快樂得像個孩子，嚷着要吃館子慶祝。

我檢視半年來對着電腦視窗發呆的成果，發覺這九十多篇短文其實可以分為四類：

第一類是寫身邊事物的，多以詠物筆法成文，通過比較抽離的靜觀之禮，我把眼目所及的日用物品都拿來把玩、描述、甚或用以誘發聯想。這十多篇，我放在這本書的第一輯《蘋果木衣櫥》裏。

第二類是直書感受的文字。它們表達了我個人的情懷感觸。我是大都會中一個經歷過貧窮、奮鬥，後來在社會階層上漸漸攀升成為中產階級的典型香港市民。如今我隨着這座大城一同踏入漸漸平闊的下游歲月，我們的步伐都慢下來了。跟許多這樣長大的人一樣，我敏感、複雜、懷舊、積極進取卻容易傷心。我把這種種情懷情緒都記錄下來，成為這本小集子的第二輯《那一片海》。

既非文學創作，亦非議論散文者，我一般稱為「談話散文」，那就是三五知己拿着茶杯聊天、直接道出個人意見的文字。「有話想說」這四字，最能概括這種散文的寫作目的。是類隨筆，一般平易親切，讀來像聽朋友吃午飯時輕鬆胡扯。我不擅寫此類文章，可有時也希望能夠和讀者直接分享個人對身邊事情的看法，因此還是努力寫了十來篇，放在第三輯《星期六教育》內。

其間我還寫了一些和語文教學有關的短文。因為篇幅和文字類別的問題，那數十篇會另書出版，此處暫且不提。

冬暖

有機會出版《小板凳》，我十分感謝很多給我寫作、出版機會的前輩和朋友。感謝《大公報》的夏智定先生和孫嘉萍小姐一直用鼓勵的語氣跟我這個專欄新手説話，讓我愈寫愈有信心。我也非常感謝牛津大學出版社的林道群先生，扶助我出版這本書。

我也感謝我的小板凳。它正是我張開翅膀起飛的立足點。那是我貧窮的家，我的童年和少年，我度過童年、少年和青年時代的三所母校，我工作了近二十年的浸會大學——還有全世界獨一無二的這一座美麗大城——我們的香港。

更感謝天父。這是天父世界。我是天父世界裏受寵的孩子。願這本書的每一個中文字，在天父的眼中，都能夠成為禱告。一首聖詩這樣說：「感謝神，禱告得應允；感謝神，未蒙垂聽。」無論何時，我都會努力學習感謝。

夏　涼

我把夏天留給我親愛的讀者。希望這本書帶來的不是沉重的閱讀，而是一個涼快的暑假。